藤沢周平とっておき十話

藤沢周平―著
澤田勝雄―編

大月書店

藤沢周平　とっておき十話——目次

二章――政治と文学

三章――私のみた藤沢周平（澤田勝雄）

序章

夫として、父として

ハダカの亭主

小菅和子（藤沢周平・夫人）

亭主というより、二階にいる下宿人のような人で、何から書き始めたらよいのか、戸惑ってしまいます。

主たる住居は二階で、昼は階下には来客のとき（主に編集者の方）、食事、入浴、テレビを見るときに顔を見せるぐらい。夜も仕事が混むとそのまま二階にお泊りということになるので、夫婦の会話がゼロに近い日も珍しくありません。

もっとも、いそがしくないときも無口なひとで、話していても「うん」とか「へえ」とかあいの手を入れるぐらいで、歯がゆくなった私が厭味や皮肉を言っても、いっこうにこたえる様子もありません。さすがは大人、女子供のいうことなど腹も立たないのかと思うと、さにあらずで、自分に都合が悪いことは聞こえないらしいのです。

先日も子供の進学問題で学校に行く、と言いおいて出たところ、帰った私を見て、だいぶ長かったが駅まで買物かなどと平気な顔で言うのです。これが亭主で、進学期の子供の父親かと言いたくなります。

この無口なひとが、一歩外に出ると人が変ったように愛想よくなるのはどうしたことでしょう。近所の奥さんから小さな子供さんにまで、まんべんなく挨拶して、皆さんから気さくなやさしいご主人ねなどと言われるのです。最初のころは、あああの人は変人と言われたくないために、涙ぐましい努力をしているのだ、などと善意に解釈していましたが、果して真相はどうなのでしょうか。

それでもどんなに苦労して仕事をしているときでも、家族に八つ当りするような事はないのが取り柄ですが、根をつめたときは、夕飯を目をしろくろさせて押し込むように食べます。

それなら締切り前に、計画通りノルマをこなして行けばいいのにと内心思う事がありますが、事務を執るのとはわけが違うのですから、口には出さずそこで、仕事の量を減らしたら、と苦言を呈します。

原稿の注文を頂けるのは、嬉しいことですが、なにしろ軽量級でスタミナがありませんので、睡眠八時間プラスアルファの昼寝が必要なのです。

食べ物は、油こい物は駄目、分量も少な目の方がご満足で、夕飯の副食を一人前全部平らげたときには、「ほう、食べられたぞ」と、自分でびっくりしている有様です。

それなのに、健康に悪いと言われている煙草、コーヒー、辛い物、熱い物が大好きなのです。

いくらすすめても運動は、何もしませんし、せめて駅迄バスに乗らずに歩いたら、と言っても返事だけ。それでは健康診断を一度位受けて見て、と言っても「そのうち」というだけ。気がもめることです。

このようなひとにも大好物が、たった一つあるのです。それは果物。食卓に並んだ果物を見ると、少しでも大きな方に、手を出すのです。自分のはさっさと食べ、まだ心のやさしい誰かが、「どうぞ」と言ってくれないかと待ち構えているのです。

重い病気でご飯が食べられなくなったようなときは、果物を食べて、煙草を吸うからいいなどと言います。困ったひとというしかありません。

（『別冊文藝春秋』一九七七年一二月五日号より転載）

1994年。左から藤沢、長女・展子、孫の浩平、展子の夫・崇寿《ただし》、妻・和子

父が望んだ普通の生活

遠藤展子（藤沢周平・長女）

天気の良い日に、よく父は幼い私を散歩に連れて行ってくれました。当時は街にもまだ空き地や緑がたくさんあって、道端の草花を摘んだり、河原に生えるシロツメクサでネックレスを作ったり。その横で父は、「展子は能天気で良いなあ」と言い、にこにこしていました。一休みはたいがい、駅前の喫茶店でした。父が小説のことを考えている間、私はフルーツパフェを注文してもらいました。食べている間は、私が静かにしているので父にとっても好都合だったようでした。父の懐具合が寂しい時には、散歩の途中の牛乳屋さんでフルーツ牛乳を飲むのが常でした。家では普通の牛乳だったので、父が買ってくれるフルーツ味の牛乳は私にとっては特別な味がしました。

夜は、夕食後に六畳間に家族三人が集合し、父が原稿を書いている横で、母と一緒に図書館で借りて来た本を、二人で並んで読むのでした。

もう何十年も前の光景ですが、今でも昨日のことのように思い出します。決して贅沢ではないけれど、温かい家庭がそこにはありました。今の家は昔より部屋数も増えたにも拘わらず、家族は食後には一つの部屋に集まって、私の子供の頃のように過ごしています。

父を思うとき、思い出すのは果物がとても好きだったことです。「お父さんはどんなに食欲がなくても、果物だったら食べられるのよね」と母はよく話していました。

肝臓を悪くしてからは、お酒は全く飲まなくなりましたが、果物だけは毎日欠かさずに食べていました。父の故郷は果物が豊富な土地柄ということも父の果物好きと関係があるかもしれません。特にりんごは身体に良いと「風邪にもお腹を壊したときにも、りんごは良いんだよ」と私にも食べるように薦めていました。「そうなの？」とまじめに取り合わない私に、父は憮然《ぶぜん》として「本当だよ」と一言いいました。最近になって私も健康が気になる年齢になり、雑誌にりんごが身体に良いと書いてある記事をみつけ、（ふ〜ん、父の言っていたことは根拠があったのか）と赤いりんごを見るたびに、父の顔を思いだすのでした。

「作家なんて継げる仕事じゃないからね」と、父は笑って言いました。父は勉強よりも家事手伝いと、私にはお嫁に行っても一通りのことは出来るようにと躾けました。そうは言っても父は言うだけで、父の方針を母が実行するのですが。父は「家事がきちんと出来ると旦那さんに大事にしてもらえるよ」と私には普通の生活を送るだけの知恵を授けてくれました。

そして、私がお嫁さんになることが父の望みでした。今、私の家は特別に何ということもないけれど、普通が一番といっていた父の言葉どおりの生活をしています。

たったひとつ、父の思いと違ってしまったのは、「作家なんて継げる仕事ではないからね」ということ。確かに作家業は継げないのですが、父は夫と私に父の作品を守るという仕事を残していきました。

父が原稿を書き、母が秘書的な役割を果たす。そうして仕事をしてきた姿を見て育った私ですが、今は母と夫と私の三人で父の作品を守る仕事をしています。本はもちろんのこと、映像やラジオ、父の記念館（鶴岡市立藤沢周平記念館）の仕事など仕事が尽きることはありません。編集者の方々、さらに父の小説を様々な形で世の中に出して下さる方々に支えられて、あっという間に過ぎた一四年でしたが、父の思い出とともに過ごした一四年でもありました。父の作品に囲まれて、それが生活の一部となっていることは、娘として幸せなことです。

そして、なんといっても父が亡くなってから一四年もの間、父の作品を何度も何度も読み返して下さっているファンの方々がいて下さることに感謝の思いは尽きません。

そうした読者の方に接するたびに、父は幸せな作家だなと思わずにはいられません。新しい作品が本になることはありませんが、父の作品を楽しみにして下さる方々に少しでも喜んで頂けるように、これからも努力を重ねていきたいと思っています。

最後になりましたが、この本を作って下さった澤田勝雄さんは父の母方の親戚で、父の生前から、父の作品や父のことを折りに触れ紹介して下さいました。この場をお借りしてお礼申し上げます。

一章

とっておき十話

とっておき十話

●一話 「社会学の大学」だった

私が東京にきたのは、一九五三年（昭和二八年）二月でした。志をいだいての上京といったものではなく、病気の治療のためでした。

中学校教師になって二年目の春、学校の集団検診で肺結核が発見されました。不意打ちですよ。とりあえず休職して、山形県鶴岡市内の小さな病院にしばらく入院し、そのあと通院したのですが、まる二年かかったが治らない。そこの院長さんから、東京の病院を紹介されたのでした。

鶴岡から夜行列車で延々、一四時間かかって上野に着き、さらに西武新宿線の電車に乗り換えて、東村山駅に降りたちました。

東村山町（いまは市）大字久米川にあった篠田病院は、うつくしい雑木林と麦畑にかこまれた療養所でした。

私の郷里よりもっと田舎でしたね、当時は。

ここから、手術をするため、近くの保生園（いまの新山手病院）に送られました。

肺の一部を切り取り、ろっ骨を切除してその上から押さえるという手術でしたが、これが大手術でした。

近年こそ、結核もさほど恐ろしくはないが、当時は、かかると命にかかわる病気でした。私の手術も新しい技術でしたが、死の不安がつきまといました。

熱がひかなくて、疲労困ぱいのなかで三回目の手術をうけました。看護していたおふくろは、オロオロしましてね。あとで、いっていました。「今度はだめかと思ったよ」と。私は、死神のすぐそばのいすに座っていたんです。ですから、曲がりなりにも治ったのは幸せなほうなんです。

保生園は、丘の中腹に建物がありました。板の廊下がプラットホームみたいに曲がりくねって、ほかの建物に続いていました。いちばん上までいくのはまるで山登りでした。検査や手術にいくのに、患者を担送車に乗せて、前とうしろの看護婦さんが、二人「いいですか。いきますよ」と掛け声をかけて、一気にダーと走るんです。女手だけでやる。若さですね。看護婦さんには、ずいぶんお世話になりました。

三カ月たって篠田病院に戻り、やがて六人の大部屋にはいりました。

いろんな職業の人がいるわけです。運転手、鉄鋼マン、出版社員、農家のお父さんなど。手術前の二人部屋のときは、船員さんで、いなせなしゃべり方をする人でした。大変仲良

1953年、東京・東村山の保生園病院で。療養中の藤沢周平（左）と看病する母・たきゑ

しになりました。

院内には、「野火止句会」という俳句サークルがあって、ガリ版刷りの冊子も出していました。静岡の『海坂（うなさか）』という俳句雑誌（馬酔木系）に投句したりしました。

私が俳句をつくったのは、一年半くらいだったでしょうか。私には俳句の才能はないなあ、と見切りをつけたんですけど。その後、小林一茶を題材に小説を書いているんですから、大それた話なのかもしれません。

療養所で私は、ギター、囲碁、花札までおぼえました。

ここは、世間知らずで堅物だった私に、〝社会学〟を教えてくれた、一種の大学だったと思います。

足掛け五年の療養生活に終止符をうったとき、私は三〇歳になっていました。

二話　いきなり「編集長の名刺」

郷里に帰った私の再就職はうまくいきませんでした。

そこに、東京に住む知人から、〝小さな業界紙の仕事が一つあるが働いてみないか〟との文面のはがきが届きました。

退院したとき、体力もなく、金もなく、住む場所もない私は、社会人としての能力はゼロに等しかったといえます。もう休むことにあきあきしていましたから、この仕事にとびつきました。私は、その後、四つの業界紙に勤めることになるのですが。

初めの会社は、編集は編集長と私。週一回、四ページ建ての新聞を発行していました。私は仕事が面白くて仕方がありませんでした。せっせと取材し、一五字詰めの原稿用紙を埋めていました。働いてお金をもらい暮らす。これでやっと病気と縁切れだという感じでしたね。

二つ目の会社は、社長にいきなり、「小菅君（私の本名）、編集長の名刺をつくってください」とお金を渡されました。つまり、社長と編集長の私と営業部長の三人きり。事務所は、社長が懇意にしているマージャン荘の二階の畳部屋を借りていました。

原稿書いている隣でマージャンの牌（ぱい）をまぜる騒音がして。そういう風情というものは、私はあまりきらいじゃありませんでしたね。初めは業務も好調だったんですが、給料も入らなくなって、刷った新聞をうけ出す金がなくなりました。

そして最後に、一四年間いることになる日本食品経済社というところに入ったんです。「編集経験のある人募集」との広告をみていったんですよ。一九六〇年ですね。

社員も一五〜一六人いて、「日本加工食品新聞」という週刊新聞を出していました。

初めは、営業を半年ほどやって、編集に回してもらいました。

私が関係したのは、水産会社と食肉加工会社の両方でしてね。そのころ、水産会社は急速に機械化がすすんで、魚肉ソーセージがオートメ生産されていましたし、食肉加工も大規模化がはじまっていました。

高度成長でどんどん伸びる時期でしたから、機械も外国からどんどん入ってくる、工場が建ち、販売店の系列化もすすみ、生産設備の競争、食肉店の奪い合いが激しかった。

そんなのを見ながら仕事をして、会社の幹部に会ってインタビューする、こんどどこそこに工場ができる、なんていうスクープもあるわけですよ。どこへいっても取材が面白い時代でしたね。

ですから、初めのころは、とても小説を書くどころじゃない。四、五年たって編集長になって多少、ひまができましたが……。金曜日に原稿をほうり込んでしまうと、土・日曜日がひまになるという工程でもありましたから。

私は、記事を書いて人並みの給料をもらい、やがて結婚し、子どもを得ました。小さく自足していました。

書く仕事が性に合っていたんですね。くる日もくる日も記事を書いていたことが、その後、小説家を本業とすることにつながったともいえます。

小説を書く動機は、半ば、偶然ではあったけれど、物語という革袋のなかに、うっ屈し

1969年、日本食品経済社で来客と雑談（左から2人目が藤沢）

た気分を流し込むという作業が私にとって必要だったんです。

三話　受賞の後先

三〇代おわりから四〇代初めにかけて、私はかなりうっ屈した気持ちをかかえて暮らしていました。それは、仕事や世の中にたいする不満というものではなく、私自身の内面にかかわるものでした。

ものを書くことが好きだった私は、食品関係の業界新聞で不満なく編集の仕事をしていました。

でも、これが目的じゃないような気持ちがときどきするんですね。

〝途中から曲がってしまったんじゃないか〟と。

一つは、これだと思ってついた教師を、病気でやめざるをえなかったことです。

もう一つは、文学をやりたいという気持ちがずーとあった。山形師範学校の時には、文学同人誌に入っていましたし……。

その上、一時、身内に非常な不幸なこともかさなりました。

気をまぎらわすため、酒を飲んで知人にグチをこぼすとか、スポーツや賭けごとにのめり込む、ということができなかった私は、書くことにそれを求めました。

だから、小説を書きはじめたころ、私はそういう気持ちにふさわしい暗い色合いの作品ばかり書いていました。男女の愛は別離で終わるし、武士は死んで物語がおわる、幸せな結末を書けませんでした。

画家・北斎を主人公にした「溟（くら）い海」には、そのころの私自身が顔を出していた、といえます。この「溟い海」が、オール讀物新人賞をいただいたのは一九七一年。そして、「暗殺の年輪」での直木賞受賞が七三年、四五歳の時。そんな精神状態での作家へのスタートでした。

「暗殺の年輪」が候補作に挙げられたとき、実はあまり期待していなかったんです。四度目の候補作でしたが、自信作ではなかったし。

候補作は第一回が「溟い海」（昭和四六年上期）、第二回が「囮（おとり）」（四六年下期）、第三回の「黒い縄」（四七年下期）。いずれも私が出るときに限って直木賞は、〝受賞作なし〟。ジンクスめいたものすら感じました。

選考の日の朝、「あまり期待しない方がいいな」と家内にいって家を出ました。

受賞の記者会見などで〝午前様〟になった翌日、ねむい目をこすりながら、出社しました。

すると黒板には、「祝藤沢周平氏、直木賞受賞」と書かれ、机の上には真紅のグラジオ

1956年、退院が近づいたころ、篠田病院の外で（右から二人目が藤沢）

ラスが生けてありました。会社の人たちも、喜んでくれたのです。

受賞から二年足らずで、一四年間いた業界新聞をやめました。

もともと体が丈夫とはいえず、会社勤めといそがしくなってきた小説書きを兼ねることは、無理でした。

長年、あたり前のことに思っていた生活習慣がそれでガラっと変わりました。通勤定期がない、社会保険がなくなった。こうした日常の微細なことのつみかさねが人生であり、生きがいだったりします。

そのとき、私は定年になった人の心境が少し理解できたような気がしました。

四話　少年のころの「原風景」

私は小説に風景を書くことが多い。そこに足をすえないと物語を進められないということがありますね。

やっぱり育った土地っていうものは人間形成に抜き差しならない影響を残すもので、そのせいじゃないかと思います。

私が生まれた山形県鶴岡市の郊外の村（旧・東田川郡黄金村大字高坂）は、東に月山が、北には鳥海山がそびえ、その前面に庄内平野の田んぼや畑がひろがっていました。

また村のうしろは低い丘ですぐそばを幅四、五間の川が流れているという、典型的な農村でした。村はずれの橋の上にあつまって日が沈むまで遊んでいると、やがてご飯を炊く煙が村の中にたなびく、そんな風景が、私の小学校五、六年生のころのものでした。

同じころに私は、姉が持っていた一冊の詩集を愛読していました。詩集の中身は藤村や晩翠《ばんすい》などの日本の詩、上田敏の訳詩集『海潮音』などからとった西欧の詩、中国、日本の漢詩などでした。

くり返し読んだので、藤村や晩翠の詩は暗唱できるほどでしたが、ヴェルレーヌやブッセなどの詩も、田舎の小学生によくわかるものでした。なかでもブッセの「山のあなたの空遠く…」という詩は、村のほかにも未知の遠い世界があるという認識をはじめて私にあたえた詩で、そのころの田舎の夕暮れの景色と重なって、いまも記憶に残っています。

少年時代の原風景は労働と結びついています。

庄内地方は米作地帯で米づくりが命です。村の子どもも年二回つまり田植えのときと、稲の取り入れのときはおとなにまじって本気で働きました。その時期には学校も臨時休校になり、農作業を手伝うのは当たり前のことでした。

稲の取り入れのときなど、小さいうちは束をまとめた一丸（ひとまる＝稲束を米俵ほどの大きさにまとめてくくったもの）を一つしかしょえない。だんだん大きくなって力がついて、三つもしょえるようになると、「オレも少しおとなになったなあ」と思いましたね。

田植え、稲の取り入れといった田んぼの仕事はきつく、それぞれ一週間か一〇日は続きます。終わるころにはおとなも子どももくたくたに疲れるけれど、仕事はきらいじゃなくて私はよくやりました。

師範学校にいく前だったと思いますが、田んぼを起こしたことがあります。ふつうは牛か馬でやるんだけど、人間の手でやった方が早いような小さな田んぼがあったんです。それを備中鍬（ぐわ）一丁で起こしました。

上半身裸で、汗みどろでやっていると、近所の人が通りかかって「ああ、よく起こしたのう。そろそろ一人前だのう」といいました。

このことをあとで考えて、私は「あれは百姓の新人賞だったかな」と思いました。

最近は、何かにつけてアマチュアがもてはやされていますが、プロの仕事は、格別のものだと思います。

百姓仕事もプロというのは体つきから違います。作業でも無駄には動きません。そういう人たちを子どものころからみて、偉いもんだなあと感じ入ってきました。兄の手のひらなども大きくて、私の倍ぐらいあるでしょう。それがプロの手です。

中央が父、後列左から３人目が母、前列右から２人目が留治（藤沢）。田畑の手伝いに不平を言うことはなかった

●五話　文学の魔性との距離…

私が文章を読んだり書いたりすることに興味をもったのは、小学校五、六年の時期でした。そろそろ戦争のにおいがしてきた一九三〇年代前半のことです。

そのころは、テレビはもちろんラジオのある家もめずらしかった。映画は、盆と正月に小学校に巡回してくる無料映画を見るのが楽しみでした。

夜道を二キロほど歩いて、小学校の講堂にいくんです。映画は、嵐寛寿郎主演の「むっつり右門」、阪東妻三郎（田村高廣のお父さん）が二役を演じる林不忘の「魔像」などでした。

兄のうしろから雪の道を歩きながら、いま見てきた映画の興奮がさめやらず、寒さも眠気も忘れていたものです。

もう一つの楽しみは、本を読むことでした。そのころの私は、異常な食欲につかれたように本を読みあさっていました。

納屋の二階に長持があって、その底に、一番上の姉・繁美らがむかし読んだ少女雑誌とか、色彩の華やかな絵本がしまってあったんです。それを引っぱり出しましてね。さらに、おとなになった姉が隣村の旅館に奉公していたころに持って帰る本、たとえば、牧逸馬の

「この太陽」、キング、富士などの雑誌の恋愛小説まで読みました。

あるとき、菊池寛の「第二の接吻」、吉屋信子の「地の果まで」などが入った雑誌の付録を読んでいるところを義兄に見つかって、〝子どもの読む本でない〟としかられました。

手に入れた少年倶楽部、譚海（たんかい）、新青年、立川文庫などを、本好きの級友と学校の帰り道に歩きながら読んで、本を交換したものです。

私は、本名が「留治（とめじ）」で、子どものころ、近所のおばさんたちに「めっちゃん」と呼ばれました。

本を読んでいると気分がいいんです。黙って部屋の隅っこで本を読んでいる。すると、お茶飲み話にきている近所のおばさんがよく、「めっちゃんはおとなしくて、いるかいないかわかんないような子だのう」というのでした。

私は綴方の時間が好きでした。そのころ、学習ノートに一編の小説を書いたことがあります。ある忍者団が主役で、悪逆非道な城主を倒すといった筋書きで、かつ挿絵入りでした。

そんなぐあいで、私は子どものころから小説を読んだり書いたりすることが好きでしたが、同時に百姓仕事をしたり、学校で生徒を教えたり、小さな新聞社で原稿を書き、紙面を割りつけ、工場に入るといった仕事も好きでした。

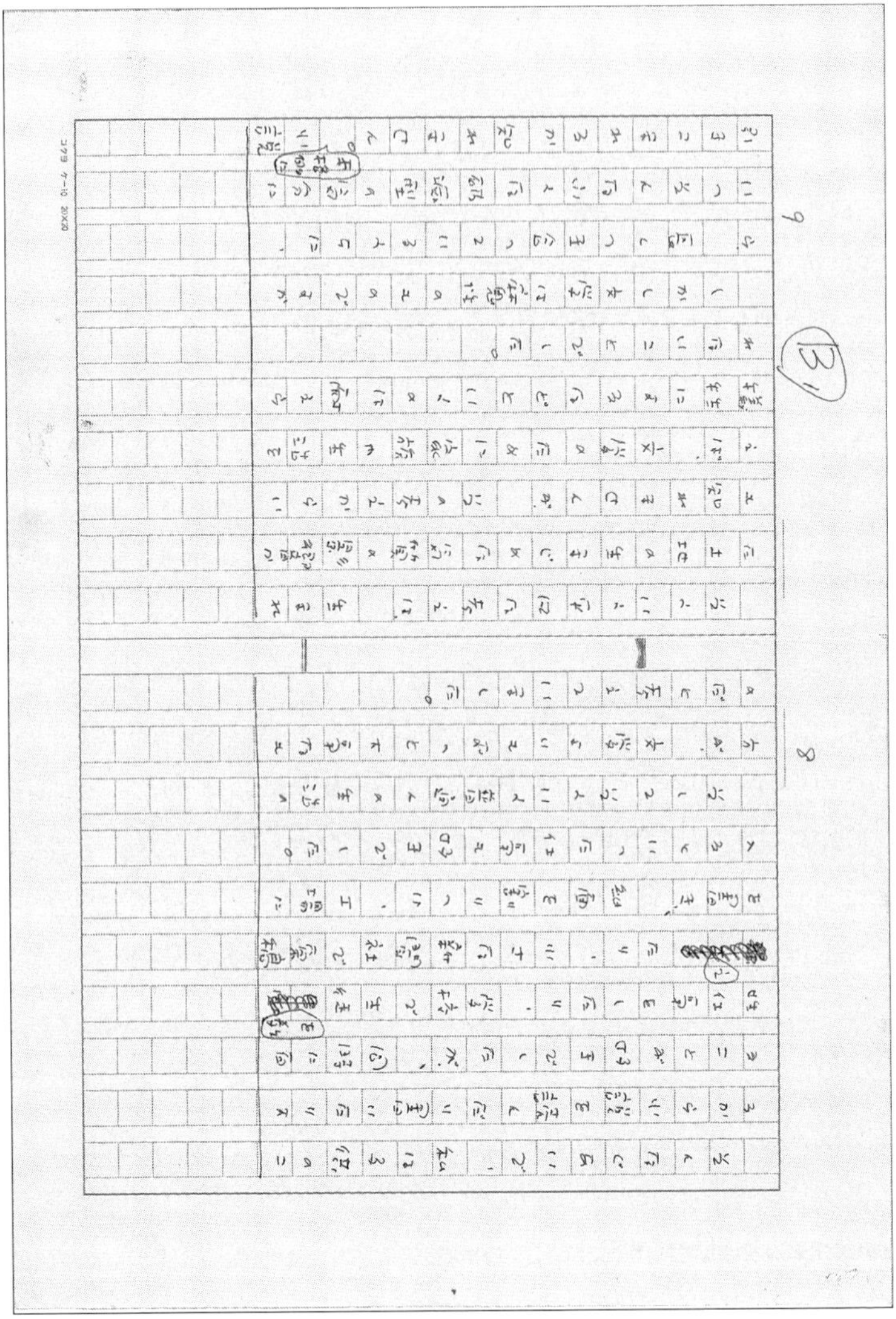

新聞連載「とっておき十話」第五話の藤沢の手直し原稿

そしてそういう普通人の生活の方が、文学よりもずっと大事なものだと考えていました。

そういう平凡な考えは、生まれた土地の生まじめな気質の影響かもしれませんが、その考えからいえば、文学のために家族や生活を犠牲にするなどというのは耐えられないことでした。

しかし文学は魔性のものですから、長くつき合っているうちに、いつそんなふうな破滅型の気分に引きこまれるかしれません。本格的に小説を書きはじめたときに私が時代小説をえらんだのは、体力の問題もありますが、文学の魔性に一歩距離を置きたい気分も大いにあったように思います。

六話　恩師ふたりとの出会い

私はいま物を書いて暮らしていますが、二人の恩師との出会いがなかったら、こういう人生がなかったかもしれません。

まず、宮崎東龍先生のことからお話ししましょう。

私は、進路を決めるときになって少しも迷わずに、教師になるために山形師範に入りました。

というのも、小学校（青龍寺尋常高等小学校）五、六年の担任だった宮崎先生がひじょうに印象的な人で、その記憶がそういう志望に結びついたと思います。

先生は若いころの東海林太郎に似ておられました。色白で面長な顔に、ウェーブした長髪がよく似合って、スタイルがいいんです。

スポーツマンで中学時代には短距離の県記録をもっていたとかで、また、ピアノも上手で、音楽の才能も豊かでした。

授業が独特でしたね。〝きょうは天気がいいからちょっと裏山にいこう〟などという。また教室でも、国語の時間をつぶしてビクトル・ユーゴーの「レ・ミゼラブル」を読んでくれました。一方、読み書きや計算は教え方が厳しく、また綴方の指導に熱心で朱筆でくわしく批評してくれました。

私たちからみると、宮崎先生は理想的な教師でした。

小学六年の夏、宮崎先生は私たち二〇人くらいを引率して、湯野浜に海水浴にいきました。その民宿先で一つの事件がおこりました。突然、軍から先生に呼び出しがあったんです。召集令状がきたんでしょうか。先生はあわただしく髪を切り落として、坊主頭になって出かけました。

宮崎先生は、一度、戦争から戻って、今度は満蒙開拓団にいきました。軍服を着、軍刀をつるした先生は別人のように見えました。それが先生にお会いした最後でした。

先生は戦後、引き揚げてくると間もなく病死されました。

佐藤喜治郎先生は私が黄金村国民学校の高等科二年のときの担任の先生でした。時期は一九四一年、太平洋戦争開始前夜のころで、佐藤先生は、いわゆる軍国主義的な人物でした。

号令をかけるのが大好きで学校中をかきまわしていましたね。私は級長をやっていたので、〝もっとしっかりしろ〟とか、さかんに気合を入れられました。団体行動をするのに一番先頭に立たされるのが恥ずかしくてきらいでした。先生とはそりが合いませんでした。ところが、卒業を前にして、私に上級の学校にいくように、といってくれたのが佐藤先生でした。鶴岡中学に夜間部があるから、働きながら勉強できる、オレが手続きするからな、というんです。

私は向学心が乏しく、まだだいたい村の子どもは上級の学校になどいかないものだったので、迷っているうちに、先生は強引に手続きをすましてしまったんです。

佐藤先生はその後転勤になり、やがて出征して戦死されました。

私だけでなく、私の同級生たちも、先生は軍国主義だったといって、ずっときらっていました。しかし私は近年になって、先生が私を進学させてくれたことをしきりに考えるようになりました。あのとき勉強と手を切ってしまったらどうなったろうかと。先生は、教

1946年（昭和21年）、鶴岡中学（夜間部）卒業時。2列目、右から4人目が藤沢

師としてなすべきことをきちんとなさっていたのです。

七話　腹ペコ　青春　文学

私が山形師範（現、山形大学教育学部）に入学したのは、終戦の翌年、一九四六年のことです。

最初の一年を、北辰寮という師範の構内にある学生寮で過ごしました。

寮は雑然としていましたね。戦争から帰った人や軍の学校にいっていた人らが戻って復学しているわけです。まだ軍服を着ている者もいて、頭は丸刈り。中にはスマートな格好の人もいましたが、雰囲気は戦前からのバンカラな気風をそのままひきついでいました。

なにせ、食糧不足の時代です。みんな共通して腹ばかりすかしていました。

ですから、お米をうちから運ぶのが大切な仕事でしたね。私も鶴岡の家に帰ってはせっせと米を運んだものです。

寮の主食は、グリンピース入りの盛りきりご飯で、あっというまに終わってしまうんです。ひと部屋が六人で、コンクリートづくりの頑丈な火鉢が置いてありました。そこで一日一回は飯ごうめしを炊くんです。火鉢のまわりに集まって茶わんに盛り分ける。おかずはないから、黒っぽい岩塩をふりかけて食いました。粗末な食事でしたが、おなかがすいているので、天下の美味に思えましたね。

食については、原始共産制だったわけです。

この体験は私の食べものにたいする考え方の原点になりましたね。食べものに不平をいわないとか、みんなで食べるとおいしいとか。とくに同じ釜の飯をくうことは、とてもいいことですね。

もともと食物は厳粛なものです。それがなければ死ぬ、という恐れが根底にあります。そのため、まず食糧を確保する――日本ではそうして稲作文化というものが発展してきたわけです。

いま、日本は米が余っていると聞くと、なんと幸せなことだろうと思うけど、「減反」だといって田んぼが荒れている様子を見聞するにつけ、こんなことでいいのかなあ、と不安になります。

そんなわけで、私は、せっかく買った藤村の『夜明け前』、太宰治の『斜陽』を読み終わるとすぐ、古本屋に売って、友人と大福を買って食ったことをおぼえています。

友人たちと、『砕氷船』という同人誌を出したことがありました。

誘われて創刊に参加しましたが、あまり熱心ではなかったと記憶しています。というのも、もともと師範というところは、むかしは小説などを〝軟文学〟だといってきらう風潮

1948年（昭和23年）、山形師範学校2年生。校門前で
（右から3人目が藤沢）

がありました。もう一つ、教師になるんだから、あまり文学青年になってはまずいだろうという意識が、気持ちのどこかにあったように思います。

そんなわけで、私は自分ではそんなに文学青年ではなかったと思っていたんです。ところが、ずっとあとになって、当時の学友から、「小さな字でせっせと小説を書いていたっけな」といわれましてね。私は、寮を出て下宿したころから、隠れキリシタンのように小説を書いていたらしいのです。他人の目にはかなりの文学青年にうつっていたんですね。

この『砕氷船』同人の中から、仙台や山形の大学で教べんをとるかたわら、森鷗外や樋口一葉を研究して著書をもつ人が出ました。いまも、友だちづき合いをしていますが、そういう友人とは、何年たっても、また格別に気持ちが通じ合うように思います。

八話 〝父帰る〟教え子との再会

私は上京して東京に住みつく前に、二年間、郷里の中学校で教師をしました。

山形県鶴岡市郊外の村で温泉のある湯田川というところで、学校は村立湯田川中学校という小さな学校でした。

二年生が二組あって、その一組の担任になりました。生徒も二四〜二五人でとても気持ちよく授業ができましたね。

ところが、一学期をすぎたところで異動があって、急に一年生を受け持つことになりました。今度は人数も五〇人、一年生ですから、ききわけがなくてけんかはする、騒ぐ、とにかくにぎやかで手を焼きました。

私は国語を教えていましたが、小さな学校ですから、高校を受験する子に西洋美術史を教えたり、体操を教えて鉄棒にぶらさがったりもしましたね。

ところが、突然、結核がみつかりまして、それまで子どもたちといっしょに給食をいただいていたのをやめました。病気が移っては大変ですから。

私が職員室でひとりで昼食を食べていると、毎日、子どもが牛乳を届けてくれるんです。一緒にご飯をたべない理由をまだ話していませんでしたから、気になるんでしょうね、不安げな顔で「先生、どっかいぐのか」となぞをかけるんです。転任だと思ったらしい。

私は、治療に専念するために休職することになりました。〝さようなら子どもたち。また会おう〟というぐらいの気持ちだったんですが、それっきり、教壇にもどることはありませんでした。

二十数年の歳月がたちました。私はある文学賞をもらったことをきっかけに、教員をしていた中学校で講演することになりました。

演壇に立つと、いきなり胸がつまるような光景に出くわしました。会場の前列に、もう四〇歳近い年齢になった、私の教え子たちがいたのです。

私が話し出すと女の子たちはうつむき、中には顔をおおって涙をかくすひともいました。私も絶句して、涙があふれました。師弟ともども、昨日のことのようにむかしを思い出して、万感胸にあふれたのです。

話が終わると、私は教え子たちに取り囲まれました。その一人がなじるようにいいました。

「先生、いままでどこにいたのよ」

それはまるで、菊池寛の〝父帰る〟のような光景でしたね。

私は教え子たちを忘れたわけではなかったけれど、小さな業界紙につとめて、生活するのに手いっぱいだったころは、教え子に自分の住所を知らせる気持ちになれなかったのも事実でした。そんな私を、教え子たちが、行方不明の先生と思っていたのもやむをえないことでした。

女の子をいじめるので私にゲンコツをくらったT君が、うれしそうに私のそばに寄ってきました。教師冥利（みょうり）につきるという言葉はこういうときに使うのでしょう。私はとても幸福でした。

やがて卒業三〇周年と銘うってのクラス会が、鶴岡市で開かれ、その招待状が届きまし

中学教師時代、湯田川中学の校庭で教え子たちと（中央が藤沢）。この学校の校庭に教え子たちが建てた「藤沢周平先生記念碑」がある

た。私は旧盆の墓参とあわせて、帰省し、クラス会に出席しました。

元級長のK君のあいさつは堂々としてりっぱで、教え子それぞれの自己紹介は自信にあふれ、子どもたちはりっぱなおとなになっていました。それでも、今も私には教え子たちが子どもに見えることがあります。

九話　母親のこと　私の血筋

私が生まれた村は、一軒一軒を屋号で呼んでいました。

私の父・繁蔵が出た家は、治郎右衛門、母・たき江の家は多郎右衛門の家というわけです。

一九二七年（昭和二年）生まれの私は二男で、六人兄弟姉妹の四番目、農家の子でした。

多郎右衛門の跡とりであった母の兄・多市が北海道に渡ったことから、母はその墓を守る立場におかれました。このため、「多郎右衛門のウマ（おばさん）」と呼ばれ、その多郎右衛門が、かつては村で指折りの大きな農家だったせいか、なんとなく一目おかれるという空気がありました。

いま、おふくろを思い出すにつけ、偉かったなあと思うことがいくつかあります。

当時、農家の主婦としては珍しく、読み書きのできる人でした。私が小学生のころは、習字の手本を自分で書いて、私たち子どもらに習わせましたね。それから、学校というものをひじょうに尊敬していました。

こんな記憶があります。学校へいく道にはその日は人影がなく、ただ日の光だけが明るい。私は遅刻していて、ときどき立ちどまって泣き、母はこわい顔をして、私の後からついてきます。きっと私が体の調子が悪く、学校にいくのをしぶったのを母がひきずるようにして送ってきたのでしょう。

母には学校教育は人間に必要なものだという意識が厳としてあったようです。おかげで、私は小学校の六年間を無欠席で通しました。

父は、のんきでやかましいことをいわない人でしたが、母にはひんぱんにしかられた記憶があります。

私が子どものころ、怒った母にいきなり横だきにされて納屋におし込まれたことがあります。よほど悪いことをしたらしい。納屋はうす暗く、錠のかかった戸は、押してもたたいてもびくともしません。私はもう一生外に出してもらえないのではないかという恐怖にかられて、泣きわめきました。しかし折よく、母をたずねてきた近所のおばさんが、助け出してくれたのでした。「ほら、わびせ（わびなさい）、もうさねさげ（しないから）って、わびせ」と、おばさんがいったのを思い出します。そのおばさんも、もう年取って亡くなりました。

しつけのきびしい半面、母には他人の話を聞きながら一緒に泣いたりする情にもろいところがありました。

私の家には、よく近所のおばさんたちが集まって、サワシ柿を食べながら、茶飲み話をしていったものです。一軒の家には、主婦が泣かずにはいられないような出来事がときどきおこるわけですから、そんな話を母は親身に聞いていましたね。もちろん、ついでに自分のグチも聞いてもらったのでしょうが。

顔なじみの物売りが、上がりがまちに荷をおろして、長い間母と話しこんでいくこともありました。

母の家系には農村インテリめいたところがあったようです。

母の父・多吉は、（旧黄金村の）村議会議員をしたり、役場につとめたり、村にできた学校で読み書きを教える手伝いもした、と聞きました。もっとも母が年取ってから聞いた話で、確かではありません。しかし多吉が、不用意に他人の証文に保証の印鑑を押したため、土地・建物のほとんどを失ったのは確かな事実です。

その子の長男・多市は北海道に渡って没し、長女・園恵は東京に出て、トビ職の親方のカミさんになって千葉で亡くなりました。二女・たきゑ（私の母）も東京に出て、一九七

1943年（昭和18年）、鶴岡で撮影。右から藤沢のおば・園恵、おじ・多市、母・たきゑ

四年、八〇歳で他界しました。

私がものを書く血筋は、多分、こうした母の家系の方からきたのではないかと思います。

十話　時代小説には人生の哀歓が…

私がよく舞台に設定する江戸時代は、時代小説にとっては宝庫だと思います。

市井の片隅に生きる薄幸の女、あるいは骨身を削って働いてきて老齢期をむかえた商人、牢屋の闇にうごめく囚人に接する獄医、上意によって切る役目を押しつけられる薄給の中年侍、などという人びとを私は好んで書きますが、それは江戸時代の話でありながら、一部は現在と重なっております。

この時代が、百年ほど先で現代とつながっていることを考えれば、それはべつに不思議なことではありません。

江戸の町から聞こえた夏の夜の枝豆売り、夜鷹（よたか）そば、あるいは苗売り、歯みがき売りなどの触れ売りの声は、少し形を変えたものもありますが、一部は近年の東京に残っていました。

私は昭和三〇年代に山ノ手の町で定斎売り（薬売り）に出会ったことがあります。もっとも定斎屋さんは触れ声は出しません。

その上、人間が人間である以上は、時代が変わっても不変のものがあるわけで、たとえば、親は子を気づかい、男は女の魅力にひかれ、人は景気のいい隣人には嫉妬（しっと）もします。そういうことは、江戸時代も平成二年もさほど変わりはありません。

そして時には藩から禄をもらう武士といまのサラリーマンとが二重写しになったりもしますが、もちろん、まるっきり同じではありません。武士はサラリーマンとはちがう特殊な使命感や倫理感覚を持っていました。時代小説は、九〇%は想像力の産物ですが、土台のところでそういう違いも承知していて書く必要があります。

私は現在、二、三の文学賞の選考に加わっていますが、それぞれの賞の候補作は、なかなかいいものが出てきて、文運いまだ衰えず、と感じることがあります。

しかし、中に文章がいかにもまずいのがあるんですね。せんじつめれば小説の文章は、こうとしか書きようがないものがあるわけです。またそれに加えて作者は自分の書きたいことを書くのですけれども、それは読者にわかる言葉で書かれなければならない、いわゆる達意の文章というものがほしいと思います。

文学賞の選考の場では、この文章をふくめて、全体としては傷があるけれども将来見込みがあるじゃないか、というようないい方をよくします。いわゆる将来性を買うわけですが、これも安易にそういってしまうのはよくないので、完成度を買うか将来性を買うかの

1980 年、「密謀」の取材で畑谷城址（山形県東村山郡山辺町）を訪れた藤沢（文藝春秋社提供）

兼ね合いはとてもむずかしいのです。

ところで最近、時代ものブームという声が聞こえてきます。でも、私はこの言葉にいつも疑問を感じています。それというのも中堅以下の若い時代小説作家がとても少ないのです。

若い人は、時代考証とか風俗習慣、言葉づかいのむずかしさから時代ものを敬遠するのでしょうかね。

それよりも時代小説を読もう、書こうという土壌そのものがなくなりつつあるのかもしれません。

たとえば私たちの子どものころは、少年向けの剣豪小説やチャンバラ映画がまわりにふんだんにありました。いまは、これにかわってアニメ全盛のテレビの出現という時代状況の大きな変化があります。

でも、そこから従来とはまったくちがう新しい形式の時代小説が生まれ、世に迎えられるようになるのかどうか、私にも明確な回答はありません。

しかし、いつか、時代小説とはなにか、についてきちんと書きたいと思っています。

「十話」の余話

一九九〇年四月、東京都練馬区の大泉学園町の藤沢周平・自宅一階で、二日間にわたり、五時間余に及ぶインタヴューが行われた。それは、前掲の「とっておき十話」という新聞連載にまとめられた。ここには、その連載に収録しきれなかった部分を「余話」として掲載する。（聞き手・構成　澤田勝雄）

――この度は、インタヴューを引き受けてくださりありがとうございます。藤沢周平さんの小説家としての姿勢や考え方、その人生について浮かびあがるお話をうかがえればと思います。

●故郷と読書

――まず、周平さんのエッセイには、自分の生い立ちとまわりの風土、風習がよくかかれています。なぜ、故郷の庄内地方にこだわるのですか。先祖の石川多郎右衛門の家があった鶴岡の郊外（高坂地区）の周平さんの小さいころの農村の風景はどうでしたか。カール・ブッセの「山のあなた」の詩が好きだとも書かれていますね。

藤沢　やっぱり育った土地っていうものは人間形成、人格形成に非常に抜き差しならない影響を残すもんじゃないかと思いますね。まあ都会に育った人はやっぱり都会が、そういうふうに働きかけるんだろうと思いますけれども。私の場合はのどかな田舎の風景なんです。月山あり鳥海山あり、一面の田んぼがあって、川もちゃんとあって、夕方になるとご飯を炊く煙がたなびく光景が村のあちこちにある、そういう風景ですよ。だから、よく私は小説にまず風景を書くんです。しょっぱなから風景を書いて、いつになったら小説出てくるんだと思うようなものもあります。

――子どものころに、お姉さんの繁美さんや、このゑさんが読んでいた雑誌を見る機会がいっぱいあったんですね。

藤沢　ええ、それは昔の多郎右衛門の遺物じゃないかと思うけど……。でもそんな昔のものであるはずがないので、やっぱり姉・繁美のものでしょう。姉とは一〇ぐらい年齢がちがうので、姉が読んだものじゃないかと思う。田舎にしては珍しい、『少女倶楽部』みたいな少女雑誌、古い絵本。それから、そういうものとは別に大人の雑誌もあった。その雑誌に載ってた大人の小説を読んだわけです。小学校の五、六年のころにね。

――そういう意味では、読む物があって恵まれていたわけですね。

藤沢　（「十話」に出てくる）牧逸馬っていうのは、「丹下左膳」を書いた林不忘のことで、その恋愛小説や、谷譲次のアメリカものもずいぶんありましたよ。小学校へ行くようになってからは、『少年倶楽部』なんかを買ってもらって、友だちと交換していろんなものを読んだりしましたね。小学校にも本が大好きな友だち――若生久君らがいましてね、よく立川文庫なんかを交換したりしました。おふくろもおやじも、小説なんていうのはあまり関係ない人なんだけど、よく雑誌を買ってくれた。わりにそういう面では恵まれていたような気がします。

それから、おばの園恵のものもあったかもしれない。若いころ東京へ出た人でね。戦争中に山形へ来たことがあるんです。

●東京との出会い

――おばの園恵さんは、千葉にいたんですよね。

藤沢　そうですね。はじめは東京の小石川区（いまの文京区）ですか、おじがトビ職の親方だった。おかみさんが若い者を怒鳴りつけていたりしてびっくりしましたね。長ギセルでたばこを吸って、若い衆なんかにものを言いつけていた。で、戦争中におじさんのふるさとである利根川のそばの村（千葉県）に疎開しましてね、そこに住んだわけです。子ども一人の三人暮らし。おじさんは何か放浪癖があるような人で、戦争中はどこへ行って

1939年（昭和14年）、小学校6年生の藤沢（右）。隣は
同級生の若生久

たんだろうなあ。戦後はおじさんもそこに一緒に住んでいましたね。

――利根川のこっち側ですか。

藤沢　そうです。さっき言ったように、おばは、戦争中に一度山形へ来たことありましてね、いとこと二人で来たんですよ。それが初めてで、後はときどき来るようになったんです。まだ私が先生になる前で、山形師範にいたころですね、夏休みのころだったかな。二回ばかり来たような気がします。それで、おばを東京へ送って行って、そのあと、いとこに連れられて浅草の辺りへ遊びに行ったことがあるんです。それが東京を見た初めての体験でね。

それで私は、東京を見て歩いていたら、むこうから（作家の）石川達三が来るかもしれない、東京だからそういう人が住んでるだろうと思って、すごく興奮したんです。ほかのことはあまり頭に入ってこないんだけど、これは非常にショッキングな想像でね。だから、やっぱり好きだったんですね、小説の世界が。そのおばさんとは、その後ずうっと付き合いがあって、私もずいぶん千葉へ行きました。おじさんが先に亡くなって、お葬式にも行きました。

――（おばさんは）おいくつぐらいで亡くなられた。

藤沢　そうですねえ、八〇歳近かったんじゃないかな。

――じゃあずいぶん、丈夫な人だった。

藤沢　そうですね。千葉におばを送って行ったとき、初めておじさんに会いました。そしたら、夜、巡回の村芝居に連れていってくれましてね。

――時代劇をやっている劇団ですか。

藤沢　そう、国定忠治とか、そういうものばっかりでね。村の人も、庭にむしろを敷いて見るんですけど、すごく熱狂するんですよ。そういう風景っていうのは私の田舎にはないもんだから、非常に印象的でしたね。

●母のこと、血縁のこと

――周平さんのお母さん（たきゑ）は、どういうお母さんだったんですか。

藤沢　若いころの母親はあまりよく憶えていないんです。いつもいっしょにいたんだけれども、一人前になってからは何か母親なんてのは変にベタベタして嫌だなっていう感じでね。だけど、今、あのおふくろは、かなり偉かったなと思うこともあるんですよ。何しろ読み書きができるというのは、あのころ珍しかったと思いますよ。四年制かなんかで学校ができたときに、通学したんですよ。ですから、そう貧乏なうちではなかったと思いますね。母は、（兄の）多市さんが亡くなったとき（一九四四年）に、一人で北海道の室蘭

藤沢の母・たきゑ（右）とおば・園恵

市まで行ったんですよ。青函連絡船に乗ってはるばると。

――お葬式に行かれたんですか。

藤沢 そう、それもやっぱり読み書きができないと、一人で旅行っていうのは大変だったみたいですね。かなりの年になってから、行ったんですよ。母は、やさしい面も記憶にありますけども、それよりはもっと厳しい感じでしたね。悪いことをしたらばんばんやられました。それこそ体罰ですよ。それで、私が小学生のころは、習字とか自分で手本になるようなもの書いて、習わせるんですよ。とにかく、学校というものを非常に尊敬していました。ただ教育制度に従ってということじゃなくて、学校の教育というものは、人間に必要なものだという意識が、おふくろにはちゃんとあったと思いますね。そういうところは、普通の農家の親とはちょっとちがっていたかもしれません。

――学校教育への信頼ですね。

藤沢 ただ、うちがあまり裕福じゃないから、私なんか中学校へ行けなかったんです。高等科っていうのへいきまして、それでいろんな仕事しながら夜学（夜間中学）へ行った。でも、いとこの磐雄さんは、鶴岡中学に入った。だから、母方の多郎右衛門の家系は、やっぱり普通よりはちょっと上のうちだと思います。あのころ田舎で中学校に行くっていうのは、めったにないですから。

――それこそ伊藤左千夫の『野菊の墓』のころの時代の中学でしょうか。田舎でいえば、地主とか庄屋さんの子とか、そういう家の男の子しか行けなかった。

藤沢　そうです。その多市おじさんの連れ合い（ふじえ）は、同じ（黄金村）高坂の「（須藤）三五郎」という屋号のうち（注・鶴岡藩主の酒井家ともゆかりのある家系）から多郎右衛門に来た人なんです。だから、磐雄さんはそこにいたり、私のうちにいたりして、中学へ通ったらしいです。だけど、どうしても北海道へ行きたくてねえ、中途退学して親のところへ帰ったんですよ。おふくろも（磐雄さんを）ずいぶんかわいがってね、よくその話を聞いたもんです。

●文学で描くこと

――話は変わりますが、最近は周平さんの小説がテレビドラマや舞台の芝居になって、時代考証がちがっていると指摘されることもあるようです。

藤沢　舞台になったっていうのはあまりなくて、「橋ものがたり」とか、最近出た「三ノ丸広場下城どき」ぐらいで、二つとも明治座でやったのかな。あとテレビドラマになったのは、「獄医立花登手控え」「小ぬかの雨」「思い違い」とかで、半年ずつぐらいの番組になった。ときどき単発でもあるんですがね。でも、時代考証ひとつにしても、今のテレビは忙しくて、それをみっちりやることができない。調べている暇もなければ正確に覚えている人もだんだん少なくなってきた。こんなこと言っては悪いんだけれども、テレビ化するということを、何か素直に喜べないっていうか、むしろ危惧が先に立ちますね、ちゃんとつくってくれるんだろうかと……。

——イメージが違うものになる可能性はあります。

藤沢　今は、つくる側が非常に難しい時代になっている。昔は、時代物はお手のものという人たちがたくさんいたわけですよ。

——昭和三〇年代ころまでは、映画の時代劇が盛んだったから、時代考証などにくわしい人たちがいた、映画会社そのものが（スタッフとして）かかえていたから。

藤沢　今その点があいまいなのに、時代物ブームといってね。本数が多いから忙しいでしょ。短期間でワァーとやってみたり。だから、痛しかゆしっていうような感じをもっていますねえ。

——テレビによる普及度は、活字に比べると大変な広がりをもちます。しかし、周平さんの小説の読者がもっているイメージと、テレビドラマになって放映されたものと、かなりずれがあるのでは。

藤沢　そうそう、きっとずれがあるだろうと思いますね。まあだから、小説家としていえば、やっぱりテレビでなくて本を読んでもらいたいという気持ちです。

――それが人間の思考をよくしていくというか、豊かにしていく手段でしょうね。周平さんは時代物の作家の層が薄い、若手が少ないと言われています。周平さんのときのように立川文庫なんかを読んで、チャンバラ物の映画を見て育った世代とでは、社会環境が大きくちがう。時代物を書く作家にとっては、さみしいですね。

藤沢　昔の立川文庫みたいな役割をしてるものは、現代では、やはり劇画、アニメとかそういったものですかねえ。まあ質のいいものであれば、劇画も時代物の作家を育てる契機になるかと思うんだけど。昔の講談雑誌を読め、なんていうのは無理な話でしょうから。

――周平さんの小説のなかでは少ない分野に、現代物というんですか、おとどし（一九八七年）書かれました…。

藤沢　ああ『文学界』に書いた「早春」ね。

――ええ、そういう現代物をこれからも書く計画は。

藤沢　時代物作家だから、時代物ばっかり書かなきゃならないってことはないわけね。もっと書きたいものは何でも書いたらいいと思うんですよ、私だけの問題じゃなくてね。そういう意味で、時間的に余裕あればそういうものも書いてみたいと思います。やはり現代物でなければ書けないものもあるんですよ。

でも、私は時代物でだいたいのものは書けるとも思っているんです。時代物だから昔のことばっかり書いているわけじゃなくて、現代に呼吸している作者がいま現在とたしかに接触している。そういう感じの時代物を書いているわけでね。やっぱり時代と切り離すことはできないんですよ。

それは時代に迎合しようとか、そういうこととまったくちがうものです。昔々に書かれたような時代物は今の作家は書けません。やはり今の時代の時代小説を書くしかないんですね。つまり、時代物で現代を描く。よくちょんまげを結った現代小説なんていいますけどね、それはまたちがうんです。やっぱり書かれているものは、江戸時代なら江戸時代の人間の心の動きとして書くわけですが、そこに何とも言えない現代とのつながりがある。そうでないと一昔も二昔も前の、くさーいものができあがるわけです。

ですから、時代物でいくらでも新しい考えとか、現代に密着した書き方はできます。しかし、それでも書ききれないものがあって、それは、現代物でなければ書けないと思うことがあるんですよ。現代物を書くとすればそういうことですね。

――じゃあ時間とのかね合いで、また現代小説にもお目にかかることができる。

藤沢　そうですね、田舎もずいぶん変わりましたけど、自然もまだきれいで、人間も今みたいな兼業農家でなくてちゃんと百姓していたころのね、そういった村を舞台にして、子どものころのことを現代物でひとつ書き残すべきかな、と思うこともあります。そこには、私のおじさんやおばさんが出てくるんじゃないかと思う。そういう意味では、やはり現代物で書きたいものというのはありますよ。時代ものにとらわれる必要はありません。

選考委員として

――周平さんは、二つの文学賞（直木賞と山本周五郎賞）の選考委員をされていますが、その立場から感じることは。

藤沢　もうひとつ、去年（一九八九年）から朝日文学新人賞の選考も始まったんです。まあ、直木賞はもうちょっとやったほうがいいんじゃないかと思うけど、ほかのはなるべくやめたくてバタバタしているんだけどね。このあいだ、山本周五郎賞のほうに、今度でやめさせてもらいますって言ったら、任期がもう一年あるなんて言われて。四年だそうです。だからどうしようかなあと考えているんですがね。やっぱり、時間をとられるんですよ。

候補に上がるような作品はなかなかいい。ところが、いかにも下手くそでねえ、読んでも何だかおかしいなあと思う作品があるんですね。だけど最近はその下手くそが認められているような傾向あるわけ、全般に。小説の文章にかぎらず、歌だって、絵だってそうですよ、〝下手うま〟と称して、下手くそなのがいいところであるかのように受けとられる風潮がある。実際はそんなもんじゃないと思いますよ。

やっぱり絵であれ小説であれ、歌であれ、一芸に達したものはすごい力をもっていると、私は思うんです。何か最近はアマチュアばやりで、すべてが安易に安直で。あれちょっと面白いじゃないかっていう視点で、世の中にもてはやされる風潮があるんですね。それが選考の場でもちょいちょいと顔を出すんです。だけどそれをあまりとがめると、当選作が出ない。だから、全体を見て傷があるけれどもこれは見込みがあるんじゃないか――そういう選考の仕方がたびたびあるように思います。あまり厳密なことを言ってもどうかという気持ちもありますから。その辺が、見る人が見るとどうも選考がずさんじゃないかと言われても仕方ないような傾向が出てきましたね。

――選考には、主催者の意向などが反映しますか。

藤沢　それは主催者としては出してもらったほうが得するわけです。だけど、(受賞作を)出してくれとはまったく言いません。言ったって、選考委員は気にかけない。出ないものは出ない。主催者の出版社の作品が全然入らないことが多いんですね、あれ、おたくの出てたっけ、後で気の毒でしたねなんて。ですから、そういう圧力みたいなものは何もない、白紙の状態でやります。よく出版ジャーナリズムで、この前はあの出版社の作品が出なかったから今度はそこが受賞すると思っていたら出たとか言いますが、そういう引っ掛かりは実際は何もないですね。

――選考はだいたい三時間ぐらいで。

藤沢　とても調子のいいときがありましてね、それはいい作品が並んだときですけど。こういうときは二時間ぐらいでサッと決まるときもあります。けど、これはっていうのがないときが大変です。推す人と、それを承服できないっていう人がいて、これはもう論争になるんですよ。それで、これは出さないよりは出したほうがいいという選考委員もいますけど、妥当な考え方だと思います。三時間も論戦と付き合って、何も出なかったっていうと非常にむなしいわけです。どうももうひとつ気掛かりだけど、将来性を買うかっというような視点はあってもいいと思いますね。

――作品の日本語としての質については。

藤沢　そうですねえ、名文は必要ないから、もっと人が読んで妥当だと思うような文章を書いてもらいたいですね。

――それはやっぱり日常の会話そのものが、そういう正統派の文章を書きづらい風潮になっているんですか。

藤沢　ええ、そうだと思いますよ。世の中の、時代の反映なんですよ。だから、最終選考に出るぐらいのものを書く人は、やはりプロの文章をめざしてもらいたい、素人芸じゃなくてね。

——かつて小説を書く文士は、大変苦労して、ある意味では貧乏して食うものも食わないでいい文章書いて、いい作品を残すといわれていた。ある面では、物質的に豊かな時代でも、そういうプロになるための厳しさが求められる。

藤沢　そうですね、昔みたいな貧乏というのは、なかなかありませんけど、気持ちのうえだけでもね。

——今の時代は、ハングリー精神を身につけるといいますか、そういうことが難しい時代ではあるんでしょうけど。

藤沢　今は、何か上昇志向みたいなもの、うだつが上がんないところから成功するとか、そういう意志をハングリーということが多い。だけども、戦後のある時期までは飢えというかハングリーというのは、これはすさまじいものでした。それが消えちゃったことは、若い人にとっては不幸せな一面もあるかもしれません。

それからね、作家と貧乏っていう話ですけど。昔は家族を犠牲にしても作家修行に励んだ。奥さんを働かせて、そのお金で食いながら一生懸命書くとか。そういう人がたくさんいました。私は、文学と家族のどっちをとるかといわれたら家族。それをなおざりにして

1973年、直木賞受賞のころ。左から、妻・和子、長女・展子、藤沢（文藝春秋社提供）

小説を書くということは考えられないですね。それで小説を書けないんなら、むしろ小説を捨てるべきじゃないかという気がします。

こういう考え方は、純文学じゃない人のほうが多いんじゃないですか。それが小市民的な考え方だっていわれれば、それまでですけどね。文学なんてものはそれほどのものか、という考え方も一面あってもいいと思う。文学は神様じゃないんだから。島崎藤村は子どもを飢え死にさせている。そこまでして書かなきゃならないとしたら、相当危険ですね。まあ、そういう状況だから書けるというものもあるかもしれませんけど。

――そうしなければ一流の作家ではない、大成しないという。

藤沢　そうそう、そういう考え方はやっぱり危険だと思います。あまり作家が金持ちなのもどうかと思いますけどね。

●時代小説の素地

――小さいときから立川文庫とか時代物をたくさん読んでいたことが、時代物を書く動機になっているのでしょうか。

藤沢　時代物っていうのは、最初から興味があったような気がします。これはまさに立川文庫の影響だろうと思う。それを読んでいた子どものころ、学校のノートに物語を書いた。それが忍者小説みたいなもので、「猿飛佐助」とか「霧隠才蔵」とか、ああいったタイプの忍者物語。そういうものだったから、最初から恋愛小説なんかよりはそっちのほうに興味あったみたいです。それがいわゆる文学青年みたいになった二〇歳ごろからしばらくは、何か時代物っていうとちょっと恥しくて影を潜めたけれども、また後で出てきたということかもしれませんね。

小説を書き始めたときは、もっとちがう作品を書いていました。だけど、すごく体力をつかうわけ。手術した後で、そんなに体力を消耗するようではとても続かないだろうという気持ちはどっかにありましたね。余裕もってというわけじゃないけど、多少自分でも面白がりながら、楽しみながら書くには時代小説がいいんじゃないかという感じだった。だから時代小説は、私にとって全然苦痛じゃない。読むのも好きだけど、書くのも好きだという、楽しい作業みたいな一面があるわけです。時代小説を書くようになったのは、わりに自然な成り行きだったんじゃないかと思います。

――小さいときに胸躍らせて読んだ剣豪小説や忍者物とか、そういうものが周平さんの一連の時代・歴史小説を楽しく書くための訓練というか経験としてずいぶん生きている。

藤沢　そうですね。それから私の田舎、山形県鶴岡というところは、城下町ですから。庄内というんですけど、そこには「穏やかで、あまり目立つようなことをしない」という気風が昔からあった。

ですから、現代小説でギラギラした恋愛小説を書くのはちょっと恥しいところもあるわけ。本当は小説を書く人が恥しいなんて思っちゃいけないんだけども、何かそれを踏み切るにはかなりの勇気がいるというところがあるんですよ。「詩を作るより田を作れ」のほうで、あまりにも文学的なものは好まれないような、そういうものが土地の雰囲気としてあった。時代物ですと、その辺の感覚というのがぼやけてくるわけです。私小説でもないし、そういう一面もまた、時代小説を書かせた原因かもしれませんね。

●中学校の教師として

――湯田川中学校の先生のころの話をお聞きしたいと思うんですけど。周平さんは、教科は何だったんですか。

藤沢　一応、国文学でした。

――それが美術や体操もみていたという。教員が足りなかった時期だからですか。

藤沢　そうねえ、まあ小さな学校でしたからね。何でもやらないと駄目みたいでした。

――クラス担任はもっておられたんですか。

藤沢　ええ、新任ですぐ担任をもたされましてねえ。二年生が二組ありまして、その一つをもったんです。これは人数が少なくて二四〜二五人だったもので、とても気持ちよく授業ができたっていいますか、担任ができたんです。ところが、一学期を過ぎたところで、学内で異動があって、一年生の授業を受け持つことになったんです。

——同じ年度で。

藤沢　ええ、同じ年度の秋から。一年生の担任がどこかに異動したんです。その後なんですが、途中から一年生、あれ不思議でしたねえ。ところが、それが人数が倍ぐらいいるわけで、一年生だから聞きわけがなくて、けんかはするし、とにかくにぎやかなんですよ。そのガヤガヤと言う連中を、本当にもてあましましてね。ところが、その人たちが今一番くっついてくるんです。

——(後年)クラス会をされるのは、このときの一年生ですか。

藤沢　うん、それから、二年生の人も来ますけどね。

——二年目のときは持ち上ったわけですか。

藤沢　そのまま持ち上りで二年生。

——卒業して三〇年たって教え子のクラス会があって行かれた。このとき教えた二四〜二五人と一年生の倍近い五〇人ぐらいですか。その子たちが藤沢学級。

藤沢　まあそうですねえ。教え子っていうとそれだけですね。その上の子たちも教え子だと思っているらしいけど。

——教科で教えてもらったと思っている。

藤沢　そうそう、担任はしなかったんだけどね。

——もうだいぶ前でしょうけども、教え子とのクラス会が開かれるという通知を受けて行かれて、一回だけですか、郷里での教え子とのクラス会。

藤沢　全部、集まったのはそうですね。あとは東京のほうで年一回集まりがありましてね、池袋で毎年やるんです。

——それは山形のほうから来る人もいるんですか。

藤沢　ええ、たまにむこうから来る人はいるんですが、まあ大体はこの付近ですね。あと新潟とか松山から来る人と、北海道にお嫁に行った子が来たりね。

——エッセイの中で、「先生、いままでどこ行ってたのよ」という話があります。

藤沢　あれは本当で、私も泣きそうに……。あんなこと言われたんじゃ。べつに業界紙を恥じているわけじゃないんだけどもね。何となくこういろいろあったからねえ、ああいう別れ方したから。なんか、胸を張ってというか、平気な顔して「帰って来た」と、言えないような気もありましたから。

——その間はもう音信はずうっとなかったんですか。

藤沢　音信不通みたいなものです。本当に東京の片隅で暮らしていたわけですから。

――感激をされたのですね。

藤沢　生徒っていうのは、覚えているものだなあと思いました。自分でびっくりするほど、覚えていましたね。生徒の昔の顔とか、声も覚えているんですよ。名前なんかも全部わかりましてねえ。先生と教え子っていうけど、何ていうのか、ただの赤の他人でもないんだなあと思うことが多いですね。親にも言えないようなことを、先生に打ち明けるって、やっぱりあるんですよ。最近になってからもそうですよ。中年の四〇代、五〇代になって、みんな悩みを抱えていますからね。それで、遠くから電話をかけてくるんですよ、切羽詰まったような電話をね。

――その辺は、周平さんが教師をやっていたころの教師と生徒の関係と、今の教育とではかなり変化がある。本質的には変わらないにしてもですが。

藤沢　少なくとも教師意識といいますか、そういうものは今の教師よりも強かったんじゃないでしょうか。いまは、友だちみたいな口のきき方をしているようだけども、ああいうことはなかったですものね。むかしのいかにも権威主義的な「おれは先生、お前たちは生徒」というのではなく、一方で、今みたいになれなれしくはないというような。ちょうどそういう時期だったですね。

1978年、郷里の母校・黄金小学校で講演する藤沢

――新憲法ができて五年ぐらいたっている時期ですけども、民主主義的な息吹きというか、そういうものが先生方にも生徒たちにもまだ強い時期なんでしょうね。

藤沢　そうですね。だからやっぱり理屈に合わないようなことをすれば、先生だって生徒から非難される、そういう時代に入っていたわけです。

――今問題になっているような体罰だとか（強要する）校則だとか、そんなことはもちろんあまり問題にならなかった。

藤沢　校則なんていう、そんなやかましいものはなかったですね。ただ、男の子できかない子がいましてね。女の子をいじめるから、〝トキオちょっとこっちへ来い〟ってね、頭にきてぶん殴ってやったこともありますけどね、ぼくも。

――悪いことすれば、ゲンコツをされましたね。

藤沢　そうそう、本人はそれで納得しているんですけどね。だから三〇年後に会ったとき一番うれしそうに寄ってきたのはトキオなんですよ。「先生には頭殴られたっけなあ」なんて。先生と生徒というのは非常に難しい関係なんだけれども、やっぱり先生は先生であるという、そういうものが必要だと思いますね。それで、それを支えるのはやっぱり単なる「給料取り」じゃなくて、生徒を成長させるために一生懸命やるんだという意識でしょうね。

――いわゆる「聖職」という意識。

藤沢　ちょっぴりあるんです、それは。聖職というと、今ごろ聖職意識かって言われるでしょうけれど、そうかんたんには否定はできない何かがあるから先生なんですねえ。

――教師のプロでもある。

藤沢　そうそう、プロでなきゃだめだしね。

●上京―療養生活

――一九五三年（昭和二八年）に東京に来られて、療養所に入って手術をうけられたことが、大きなインパクトになった。

藤沢　まあ、そうですね。

――〝わたしの（社会学の）大学であった〟ということですか。

藤沢　あの機会がなければ、今ごろ学校の先生で、ちょうど定年になったか、それぐらいの歳ですね。

――中学校の先生をされていて、集団検診で結核がひっかかって上京された、その辺の事情は。

藤沢　あのね、病気の自覚というのは全然なかったんです。よく肺結核になると咳が出たり、痰が出たり、ということがあるでしょう。そういうのはいっさいなかったんですね。教員になるときに精密検査をやって、レントゲンを撮ったりして、そのときも何にもなかった。それが、先生になって二年目の春にね。健診の主たる目的は生徒なんですが、ついでに先生方も一緒にやってもらったんです。そしたら変なのがあるっていうわけで、やっぱり相当びっくりしましたね。とりあえず鶴岡市の病院で精密検査をして、このままではちょっと無理だということで、子どもに感染したら大変ですから、休職して治療しようということになった。

そんなことがあって、鶴岡の小さい病院に入院したんです。「中目《なかのめ》病院」なんだけど、昔からなかなか評判が良くって。初めは、「まあ、一年も休めば治るでしょう」なんて診断だったんですよ。今はやられていない気胸療法というのをやりました。二枚ぐらいの肺の膜をまくって、その間にすっと針を刺して空気を入れるわけ。その圧力でもって悪いところを押しつけると、空気が通わなくなって、治るという話でしたね。今考えるとどうも、ちょっと原始的な感じがしますけど。

――そのあと、東京の病院へ。

藤沢　そういう療法が主で、あと薬を飲んで寝ているだけなんです。退屈でねえ、何にも自覚症状はないんだけれども、レントゲン写真を撮るとまだ何か変なのが残っている。

そういう状況で一年たったけど、ちっとも治らないんですよ。二年目に、兄の久治が不動産の土地・家の権利証を持ったまま行方不明になった。だから、おふくろなんか半狂乱ですよ。そのときはもう退院して家にいたから、かなり良くなっていたんでしょう。だけど、そんな状態なので寝ているわけにもいかなくて、兄を捜しに行ったりして。

むかしの遊郭の辺りを、夜おそくまで探した。ご飯を食べる暇もないんでおにぎりを作ってもらって、二番目の姉（この恵）と一緒にね。それもどっと吹雪くような真冬ですよ。そうして歩き回ったりしたもんだから、それが原因かどうかわかりませんが、またちょっと悪くなってぶり返したような感じでした。

それで、まる二年がそろそろ終わるという一九五三年（昭和二八年）の二月、中目先生が、ここではちょっと（治療が）難しいから、東京にいい病院があるから行ってみないかと言われて、それで（東京へ）来たんです。それも何となく、「治らないから回されたんだ」という見放されたような感じがありましてねえ、ひじょうに暗然とした気持ちでした。そのときは、兄が東村山まで送ってくれたんです。

――当時はまだ東村山町でしょうか。

藤沢　北多摩郡東村山町でした。そこの大字久米川というところでね。

――そうですか。

藤沢　家もポツン、ポツンとしかない場所で、鶴岡より田舎だぁ、と（笑い）。でも、私はそういうところが好きだからね、町の中の田園という風景が。

――久米川の病院というのは……。

藤沢　篠田病院林間荘というんです。

――そこに入って治療うけて、手術をするために保生園に行かれた。

藤沢　入っていろいろな検査をして、どういう治療をやるかということを検討したわけです。私の意見を聴いてね。薬で治らないものでもないけれど、早く治すにはやっぱり手術だというんですよ。私もよくわからないけれど、（教師の）休職期間は一年とちょっとしかないわけね。そのぐらいの期間でお金のあるうちに治すためには、やっぱり手術のほうがいいだろうということだったので、「手術してください」と頼んだんです。ところが、あのころは、今もそうかもしれませんけど、順番待ちでね。

――手術の順番ですか。

藤沢　ええ。二月に決まって、手術のために保生園に移ったのが六月ですよ。

――四カ月も待機していた。

藤沢　そうですね。それもやっぱり裏のしきたりみたいのがありましてね、上の人に何か贈り物をしてよく頼んだほうがいいと、そう教えてくれた人がいたんですよ（笑い）。

それは同じ鶴岡出身の陸軍大尉の方でした。ビルマで敗戦になって、骨と皮みたいにやせて病気になって帰って来た人です。私はそういうことは、あまりやったことがないんで、その人にお願いしたわけです。そしたら食べ物か何かを買ってきて頼んでくれて、それで一カ月ぐらいは早くなったような話でしたよ。私がよく「篠田病院は、わたしの大学でした」というのは、そういうところにある。

——なるほど、社会学というようなことですか。

藤沢　うん、「社会学の大学」。夢にも思わないことですよ。中学校の教員がそんな不正をね。先生ともあろう者がと、思うわけです（笑い）。「そでの下」ですからねえ。そうでないと動かない社会ってあるんだということ知りました。非常に参考になりましたよ。

——なるほどねえ。この手術がまた大変な手術だったのでしょう。

藤沢　そうです。あのころはもう、いろんな手術をやっていました。新しい方法もだんだん出てきた時代で、つまり結核の手術の試験期みたいな時期で、あれがだめならこれでやろうかという調子でした。私が入ったころは、肺のいちばん悪いところを切り取る方法が主流でした。私の場合は、肺の上葉というところが悪いもんですから、そこを切り取ったわけです。うまくいけばそれで治る人もいるんですが、うまくいかない場合は、整形手術といって骨を半分ぐらい切るんです。かなり痛くてね。肋骨《ろっこつ》を半分ぐらい切ると、（胸部が）こう、ペタンとひっこむんです。

――背中から、それとも胸からですか。

藤沢　背中からですね。その手術をやらなくちゃいけなくて、肋骨を三本も切ったんです。一回の手術だけでも大変なのに、その追加手術でしょう。ところがもう一回あった。それでもう、熱がひかないとか何とかで、こっちはもう疲労困ぱいしていて、果たしてもつのかどうかという状態。看病に来ていたおふくろなんか、おろおろしましてねえ。でもそれをやらなきゃあならない。最後のもう一回の手術でまた肋骨を二本切った。

――合計三回も手術をした。

藤沢　そう、三回。だから、一回でいい人もいれば、二回でおさまる人もいるし、三回やらなきゃならない人もいるんです。そういう状況でしたね。

――大手術ですねえ。

藤沢　大手術です。初めのころは体力がありまして、手術してもらいながら向こうでやられているのが見えるんですよ。並べて、何かこう、切り開かれて、肋骨なんか切り取っているのが…。

――となりの人の手術がですか。

藤沢　そう、よその人の。おれもあんなふうにやられるのかな、なんてね。見る余裕があったんですね。でも、あとになるとそれどころじゃない。

――それは連続して二回やって……。

藤沢　ある程度期間をおいて。

――体力との関係でしょうか。

藤沢　そうです。六月に始まって、終わったのが九月ごろですから、三カ月です。ま、大変だった。あのころは、手術で死ぬ人がたくさんいましたから、まがりなりにも治ったというのは幸せなほうでしたね。

――まだ若かったから、体力もあった。

藤沢　そうなんです。

――手術後の療養中の生活はどうでしたか。

藤沢　まあ、私はどちらかというとひとりでも楽しいほうで、別に、たくさん友だちがいないとさみしいとか、そういうことはないんですけどもね。占いからいってもそういう性格なんです（笑い）。だけどやっぱりそこで、いろんな人に会って、話したり、意見を言ったり、それがいちばん楽しかったですね。

――病院でのつきあいが、「肩書ぬきでの付き合い」だった。

藤沢　何か、とにかくいろんな職業の人がいるわけですよ。

――たとえば。

藤沢　運転手さんがいましたし、そうかと思うと、日本鋼管のかなり上の人じゃないかと思うような社員とか、それから講談社がベッドを持っていました。ベッドを持っているというのは、さっき言ったように、病人が出てもなかなか入院できないものですから、会社として補償金を出して、ある程度ベッド数を確保しておくんですね。あのころは結核ばやりですから、入れかわり立ちかわり来るわけですよ。講談社の人もたくさんいました。富国生命の人もいましたし、そうかと思うと、あの辺の農家のおじさんも入れている。私が篠田病院に最初入ったとき、二人部屋の同室だった人はマドロスだったんですよ。船乗りで、わたしと同じぐらいの歳で、しゃべり方なんかいなせでね（笑い）。ずいぶん仲良くしたんです。

――この療養生活そのものは何年ぐらいになるんですか。

藤沢　それが足掛け五年ぐらいになった。篠田病院に入院して、保生園に行って、また戻って、そこから退院するまでね。

――退院するときは、完全に治ったということですか。

藤沢　いやあー、わたしの場合はどうなのかな。ちょっと怪しいようなことを言われた。だけど、いわゆる開放性じゃない、つまり菌を出すようなものじゃないから、退院許可は出ましたけど。でも、退院するころには体力がついていましたね。病院内で新聞配りのアルバイトをやりましたから。

――そうですか。

藤沢　朝早くトット、トットと走って、あちこちに新聞を配って。一カ月やると一七〇〇円ぐらいもらえるんです。そのころはお金もゲルピン（文無し）ですから、うれしかったですよ。

●業界紙に就職

――五年間の療養生活を終えられて、いったん山形に帰られた。

藤沢　いや。退院して、医療保護の手続きをしてもらったんです。わたしは知るはずもないんですが、病院の人が全部手続きをしてくれて、富士見台（東京・中野）に下宿したんです。その退院間近に、籍は病院に置いたまま仕事を探しに、いったん山形へ帰ったわけです。

――教職へ復職できないことは、はっきりしていたのですか。

藤沢　やっぱり手術をしていますから、ちょっときびしくなったんですね。私が教員になったころは教員不足で、中学校ができてどんどん先生に採用されたんだけど、もう昭和三〇年（一九五五年）以後ですから、学生なんか就職難の時代でした。鶴岡に何か仕事がないかといろいろツテを頼って探してはみたんだけども、何にもなくて（東京に）帰って来たんです。そうしているうちに、（友人から）業界新聞はどうかという、ハガキをもらった。それで東京へ戻ってきて、一応そこに就職することが決まったので、退院して富士見台の下宿に行ったんです。

――そのハガキというのは、療養していたときの知り合いの方からだったんですか。

藤沢　田舎で学校に勤めていたときに、同僚の女の人が東京へ行って、臨時に先生になった。元はそこの土地の生まれの人なんだけども、私よりもだいぶ年上の人でしたね。文学おばさん、お姉さんという感じの人です。同人誌なんかに入っている人でね、その同人誌を病院で売ってくれませんか、なんて持ってくるもんだから、私も、文学好きな人にさばいて、そんなことで多少つながりをもっていたんです。

――この業界紙には、一四年間勤めておられるんですが、小さな規模の業界紙で、名刺の肩書きが「編集長」だったとか。

藤沢　その前がある（笑い）。最初に行った新聞社は六人ぐらいでしたね。編集が二人――これは編集長と私（笑い）。営業が二人、事務が二人。事務の二人は女の人で、一人が会計、一人が事務と雑用でした。それだけの人数ですよ。でも、（東京で）初めて働いてお金をもらったでしょう。アルバイトでもらったことはあるけど、それは少しでね。働いてもらったというのは、「これでやっと病気と縁が切れた」という感じでしたね。初めは自分にそういう仕事が合っているようで、喜んでやっていましたけど、会計が不明朗だとかいろいろあったんですよ。

――（笑い）小説の世界ですね。

藤沢　そうそう、そういう世界を見たのも、まあ、小説の肥やしになったかもしれませんね。

――新聞記事を書いて、水を得た魚のごとく張りきって仕事ができた。

藤沢　少々ハードな仕事でもうれしくってしょうがないわけで、どんどんやりましたね。

――広告取りもやったんですか。

藤沢　やりましたね。記事だけを書いているというわけにいかないですから。そのあと、一四年間いることになった日本食品経済社（港区）という会社に入ったんです。それは試験を受けました。

――採用試験ですか。

藤沢　そう。そこに入ったのが昭和三五年（一九六〇年）ですね。「日本加工食品新聞」という週刊紙を出していて、落着いて仕事ができました。

——業界紙の一四年余が、やっぱり小説を書くうえで、非常に大きい比重を占めていると思うんですが。

藤沢　そうですねえ。昭和三五年（一九六〇年）といいますと、ちょうど高度経済成長の時期に相当するんですよ。その前ころから技術革新がはじまって、水産会社もすごい機械化されましてね。魚肉ソーセージ、魚肉で作った、細長いの。あの生産なんかは、ほとんどオートメ化されていました。食肉加工では、少しずつそういう機械が入っていましたけどまだ走りで、オートメ化が広がるのは私がその会社に入って以後のことなんです。

高度経済成長によって（売り上げが）どんどん伸びる。機械は外国のものをどんどん入れまして、工場は建てるわ、販売店の系列化——食肉店なんか、何何会、何何会って、自分とこで握っちゃうわけですよ。で、そこにどんどん品物を流す。あっちの会社の会、こっちの会社の会にも入るなんていう二股経営の店もありました。それほど競争が激しかったんです。食肉店の奪い合い、それから生産設備の競争ですね。だから、あっという間に、その会社自体が大きくなりましてねえ。

——新聞社が。

藤沢　いえいえ、日本ハムとか、プリマハムとか、伊藤ハムとか、マルダイとか、そういう会社です。もっとたくさんありますけど、大手は二〇〇社ぐらいあったかな。北海道

業界紙の記者時代の藤沢

の雪印にも、独立した食肉加工会社ができましてね。そういう会社同士の激しい競争を見て仕事をしていたわけです。会社のトップに会って話を聞いたりすることは、非常に参考になりました。だから、どこへ行っても面白い時代なんですよ。こんど、どこどこに工場をつくるんだ、なんていうと、その詳細をスクープするわけですよ（笑い）。それで、どういう機械が入るかというのは、業界の大ニュースになるわけ。西ドイツ製の何々という機械を使うなんていうと、あ、うちでも入れなきゃってなもんでね。

――なるほど。

藤沢　だからこの「日本加工食品新聞」というのは、もっぱら広告で埋まるわけ、機械の広告とかね。そのうち外国の機械を輸入している会社の広告も終始載るようになりました。会社もそういうふうに大きくなれば、食肉店も、いままでの肉屋さんというよりも、もっと近代化されて、品ぞろえから何から何まで成長した時代で、仕事としては面白かったですよ。

――業界そのものが大きくなり変化して、そのなかで一生懸命に取材をした。

藤沢　そうです。初めは一〇億、二〇億という売り上が、すぐに二〇〇億とか四〇〇億になっちゃうんですね。

――躍動の時期だった。日本食品経済社に行く前は二つですか。

藤沢　三つですね。日本食品経済社へ行く直前の会社は、社長一人に編集長一人で、私は営業部長でした。

――編集長の名刺を作られたというは、そのころなんですね。

藤沢　そうです。でも、たちまちつぶれるわけですよ。

――日本食品経済社のころは、編集長をされていたんですか。

藤沢　いえいえ。こっちは失業しているから何でもいいから入ろうと思っていて、編集経験ある人とかそういう広告があったんで行ったら採用になったけど、営業に回された。広告取りも前の会社でやりましたから、全然できないわけじゃないんだけども、すぐに大した才能がないということがわかって、編集のほうへ回してもらったんですね。

――じゃ、この営業を何カ月間かやられた。

藤沢　半年ぐらいやりましたかねえ。

――そうですか。それで編集のほうに。

藤沢　ええ。社長をやっている人が営業部のチーフで、その人に付いて回ったりしたんだけど。その人のやり方というのは、実にいわゆる広告取りじゃないんですね。広告を出さざるをえないような、いろんな企画を作る人なんですよ。

――記事そのものが企画になる。

日本加工食品新聞
ハム・ソーセージ年鑑

編集長

小菅留治

発行所　株式会社　日本食品経済社
本　社　東京都中央区銀座八ー一五ー一　恩田ビル
電話東京（541）代表 [redacted]
支　社　大阪市南区日本橋筋一ー三九　トミヤビル
電話大阪（211）代表 [redacted]

日本食品経済社時代の編集長の名刺

藤沢　そうそう。たとえば、「こんど輸入機械の特集を組みましょう」、なんていうことで、それで機械輸入代理店とかを回って、広告をそろえるわけです。自分でも記事を書きましたしね。そういう人なんです。その人が歩いた跡は草も生えない（笑い）というほど、徹底した営業ぶりでね。

――ほう、それはらつ腕だったですねえ。

藤沢　ええ、人当たりは非常に柔らかくていい人なんだけれど、らつ腕でたいしたもんでした。私は、編集に回されて、やっぱりこっちのほうが気楽でしたね。

●文学賞の受賞前後

――新聞の編集をやっているときに小説を書き始めて、そして「オール讀物」新人賞を受賞したのが一九七一年（昭和四六年）。そのあと三回、直木賞の候補作にあがって、そのときはずっと受賞作なしで、一九七三年（昭和四八年）に四回目で受賞します。このころの周平さんの小説を書く動機というか、小説を書かれるきっかけになったのは何だったのですか。

藤沢　まあ、小説家というのは、書くことで何か吐き出したいという、そういう要求が心の内部にあるんですね。結局、私は、業界新聞で面白く仕事をしていましたが、それが目的じゃないような気もときどきするわけです。何か、途中から曲がってしまったな、という感じ。もっとやりたいことあった。ひとつはもちろん教員で、一生懸命やりたかった。もうひとつはやっぱり、何か文学というとおこがましいけど、そういうものも、またずっと続いてあったんですよ。山形師範のときには、同人雑誌『碎氷船』にも入りましたし、書くことは、ずっと途切れないでくっついていた気がします。

だから、このまま業界紙の記者で終わるのかなぁという感じも、なきにしもあらずでした。でも、家庭が幸せであればいい、幸せというのは豊かとか貧しいとか、そういうことよりも、順調であればいい。だから、小説に書くようなことは、なにもないんですよ。

一時、非常に不幸なことがあったものですからね（注＝のちに、先妻・悦子さんの死亡のことなどと明らかにした）。そういうこともたいへん影響して、細々と書き始めたわけです。

――そのときは同人誌上ではなくて、一人で。

藤沢　そうですね。同人雑誌に入るほど本格的な気持ちもなかった。それに、純文学を書いたらまた体を悪くして病気になるんじゃないか、という心配はありました。子どものころの原風景を振り返ってみると、小説に対する関心っていうのが立川文庫とかああいう時代物の小説なわけです。まあ、そこに返ったたっていうような状態でね。

それで、二年に一回ぐらい『オール讀物』の新人賞に出していたら通ったんです。昭和四六年（一九七一年）です。これがね、それまであまり成績がよくなくて一回だけ最終候補っていうのに残りましたけども、あとはたいしたことなかったですね。全然名前が出ないときもありました。

――じゃあもう、それまで何年間かはずうっと。

藤沢　昭和四六年（一九七一年）だから、六、七年でしょうねえ。（直木賞は）一年に二回、募集があるんだけど、一年に一本書ければいいほうで、二年に一本しか書けないときもありましたからね。

――その六、七年が、いわゆる下積みの〝作家修行〟ということになりますか。

藤沢　そうですねえ。たいした希望があるわけじゃないんだけども、作家なんてものは、書いているかぎりは、何か希望があるような気もするわけですよ。その当時を考えると、ちょっとそういうの（才能）とはちがうんじゃないかっていう気がしましたけれどもね。ただ、書き続けていると、バッターがフライを上げているうちに球が合ってきてホームランになるようなもので、だんだんスイングが合ってきたんですよ。

――ああ、なるほどね。

藤沢　それで「溟《くら》い海」というのを書いたときには、ああこれは通るかもしれないと思いました。それまでとは、全然違う文章が書けたんですよ。小説臭い小説が書けたわけです。

――予感がした。

藤沢　これは通るかもしれないって気はしましたね。

――「涙い海」でオール読物新人賞を受賞して、それでその年の直木賞の上期の候補作になった。その下期に「囮《おとり》」、四七年下期は「黒い縄」で候補作になった。三回とも受賞作なし。

藤沢　そうですねえ。何かほかの人に気の毒みたいに、私の作品が候補に入っていると必ず受賞作がないんですよ。

――四回目に「暗殺の年輪」で直木賞を受賞されました。このときの予感みたいなものは。

藤沢　それがねえ、「暗殺の年輪」というのは、(私は) そんなにいいとは思わなかったんですよ。その前の三つの作品の中で「黒い縄」という小説が、ちょっといいものが書けたかなあと思いましたけど。「暗殺の年輪」は、何かまあプロ臭いものは書けたけれども、それほど自信作みたいな感じではなかったですね。だから、担当編集者に「これは一回見送ってもらったらどうでしょう」なんて生意気なことを言ったんです。

――そうですか。

藤沢　そしたら、候補にあがるということはたいへんなチャンスなんだから、断るなんて手はないって、怒られちゃってね（笑い）。ちょうど「又蔵の火」という敵討《あだう》ちものを書いているときで、そっちの方がいいものができるかなという予感があったので、そんなことを言ったんです。

退職、そして作家に

――受賞が決まったときは、「日本加工食品新聞」の記者ですね。当時は、日曜日以外はずうっと出勤しておられた。

藤沢　そうですね。やっぱり働いて、月給をもらって生活するのが一番だっていう気持ちもあったもんでね。（会社を）辞めるのは、不安がありました。まあ、作家生活なんて全然わからないしね。

だけど、出版社から職場へしょっちゅう電話がかかってくる状態なものだから、だんだん気の毒になってくるわけですよ。会社の人は受賞を喜んでくれましたけどね。それで、やむをえず、受賞後二年足らずで辞めたんです。

――一九七四年（昭和四九年）の一一月に退社となっています。退職されてプロの小説家として生計を立てるというときの心境は……、やはり不安なものだった。

藤沢　何かねえ、何をやったらいいかわかんないっていうような、そういう気分でしたね。あれっえらいことしちゃったなっていう感じがありました。だって、社会保険とかそういうものが全部なくなるわけで……。

――この日本食品経済社の建物は、銀座のほうにあったんですか。

藤沢　新橋ですね。このころは東京の東久留米に住んでいました。

――すると、それまでは毎日定期券で通っていた。

藤沢　そうですね。

――それが、一二月一日から、もう出勤しなくなる。

藤沢　うーん、出勤しなくていいわけだからね。

――でも、退社されたときには作品はずっと続けて。

藤沢　注文はありましたけどね。

――何の作品を書かれていたか記憶していますか。

藤沢　何だったろうなあ、あのころ書いていたもの……。まあ短編ばかりですけどね。

――田辺聖子さんが、直木賞をもらったら急に注文が殺到して、書きためてトランクにつめてあった原稿を編集者が次々と持っていってしまったというエピソードを書いています。周平さんの場合も、直木賞を受賞された後は、いわゆる二足のわらじをはくというのは相当大変でしたか。

藤沢　私の場合は、この賞をもらう前に新人賞をもらった段階で、ほかからも注文が来ていましたから、急に忙しくなるということはなかったですね。

●時代小説を書くのは

――周平さんの時代小説と歴史小説は、人情物の武士あり武家の娘ありの面白い展開で、江戸時代を設定したものが多いと思います。江戸時代というのは書きやすい時代だからですか。

藤沢　そうですねえ、江戸時代は身分制度―士農工商がはっきりしてくるんだけれども、侍の知恵というのはむしろだんだん低下していって、商人とか職人がわりに勢力を伸ばしてくる時代だろうと思うんですね。徳川の五代将軍の元禄時代のころになると、武士はお金がなくなって、商人に頼らざるを得なくなるので、（小説に）書くべき対象がワァーと広がる感じがするんです。

その前の戦国時代は、何かゴチャゴチャした時代でね。身分制度なんていっても百姓も刀を持って暴れ回ったりしている時代でしょう。何かつかみにくいし、制度的にも整ってないもんだから、書く世界が狭い。戦争のことならいくらでも書けますが、そのほかのいわゆる社会的な人間を書こうとすると、非常にわかりにくい時代なんですね。百姓はいったいどんな格好だったのか。商人といっても、一部の豪商の足跡みたいなものはわりにわかっているけれども、一般の零細な商人の様態っていうのはなかなかわからないところがあるわけ。

それが江戸時代になるとはっきりしてきて、書くべき対象が見えてくるので、書きやすいですね。職人を書くにしてもね、大体分かるわけです。どういう格好をしていたとか、何を作っていたとか。商人にしても、どんな商売があったとか、毎日の食事は何食べてたとか、そういうことまで大体わかるんですね。そういう意味で、江戸時代は、時代小説にとっては宝庫です。侍がだんだん変化していく、その変化もまた見えるような時代ですからね。

――侍の二男坊、三男坊とかは、剣の腕はめっぽう強いけども、それを生かせる時代ではなくなった。つまり、出世の道具にならない。周平さんの小説には、そうした時代背景がコミカルに描かれていきます。

藤沢　まあせいぜい、二、三男が剣を修行して、「婿入りの条件」にするとか、そういう程度でしょう、もう戦争はないんですから。後になって、幕末にあんな戦争が起きるとは思わなかったんじゃないですかなあ。

――周平さんの小説は、初期の作品とその後の作品とのあいだで、描き方に変化があります。最初は、ずうっと暗い小説が多いのですが、それがだんだん明るい、希望のもてる話に変わっていく。「転機の作物」（『小説の周辺』に収録されているエッセイ）にも書いておられますが、これは周平さん自身の心境の変化や、（家庭の）環境の変化が反映しているのでしょうか。

藤沢　ええ、投影されているとは思います。まあ、小説を書き始めたころは、何かこうものを言わないと納まりがつかないような、いろんなもの抱えているわけですね。

――ご自身の気持ちのなかに……。

藤沢　そう、教育者になるつもりでいたんだけども、そういうものがとっくの昔にどっかいっちゃったでしょう。それで、業界紙っていう仕事自体に不満があるわけじゃないけれども、「何かやりたいことやってないなあ」という感じです。そんなことが全部、初期の小説に入っていると思いますね。だから、市井《しせい》物でも、読者をほろりとさせるような人情小説でも、何かこの、むしろドキリとさせるような、人間の醜い面も全部書いちゃう、そういうものだった。だけど、それをずっと書いて、吐き出していると、だんだん薄まるわけです、吐き出せばね。それで、薄まったものを相変わらず同じ調子で書くというのは、これはもうできないわけで。そのころに少し楽しいというか、明るい感じのものを書けるようになったんだと思いますね。

——やはり、胸にあるものを全部出してしまう作業に時間がかかった。

藤沢　小説というのは書く人も読む人もそういう気分を味わう—カタルシス、浄化ね、そういうものを含んでいる「転機の作物」だろうと思いますね。一篇の小説を書いて、書いたほうは「ああ言いたいことは、これで全部言っちゃったぁ」なんて気持ちが明るくなる。それから、それを読んだ人も最後に救いがあって、その主人公に託して明るい気分を味わう。そういう作用は、必ずあるものだと思います。その浄化作用が「転機」のころにだいたい完成した。カタルシスを読者に感じてもらえるようになったということですね。

——一九七六年（昭和五一年）に連載が始まった長編『用心棒日月抄』あたりから周平さんの作風に大きな変化が出てきた。読んで面白い小説を書くために、ユーモアを心がけた——と。

藤沢　そうだと思いますねえ。

●藤沢文学と女性たち

——市井物に出てくる女の人たちに魅力があります。いい女性だなという印象を受ける人がいっぱい出てくる。時代小説を構築するのに女性は大事なキーワードじゃないかと思いますが、周平さんの理想的な女性像は。

藤沢　そうですねえ、特別意識して書くわけじゃないんだけれども、やっぱり魅力ある女性を書きたいですね。まあ男性がその女性とかかわりをもつことで、もっと成長するっていうかね、そういう感じの女の人を書きたいわけでね。かなり悪い女も書いていると思うけどな（笑い）。男の人にとって女の人っていうのは、やっぱり謎だと思う。いい面もあるけれど、悪い面もあって、なかなかそう簡単には、正体をつかめない。一種の謎。だから、いろんな角度から書いてみるわけです。

それで、その中で、やっぱり理想的な女性を描くっていうことも出てくるんです。まあ、そういう女性であってほしい、その願望がそこに込められたりしてね。それから、男性を引きつける、ごく悪い女の人がいるんですよ。私は別に女性にだまされた経験があるわけじゃないんだけれども、そういう女性の魅力も、人生の謎だと思うんです。男性はわかっていながら、それに引っぱられていくとか、そういうことが実際にあるんだろうと思いますね。

だから、小説はこしらえ事であるけれども、そういう人生の本当の世の中の姿っていうものを描き出していないと、（読者にとって）いい小説にはならないんじゃないか。だからそういう女性もごく頻繁に出てくるわけです。

——あの『囮《おとり》』に出てくる女性、おふみの「人殺しに操《みさお》をたてて、待っているような女にみえるかしら」などは、本当によくわからない。ああいう微妙な言葉を投げかけて……。

藤沢　人間というのはなかなかわからない存在だろうと思います。自分自身だってはたしてきちんと把握できているかどうか、非常に怪しいところがあるもので……。やはり人間というのは、なかなか混とんとしたわからない存在だと思うんですね。謎ですよ。だから小説なんか、ああじゃないかこうじゃないかと書くわけです。

時代小説の新境地

——「赤旗」日曜版に連載していただいた「呼びかける女」（単行本では題名『消えた女　彫師伊之助捕物覚え』）の連載が終わった後に、「時代小説の中で、ハードボイルド物のような味を出せないものか」、〝新しい実験〟をしたと書いていますね。

藤沢　私はハードボイルドの小説が大好きで、チャンドラーとかマクドナルドとか、ああいった人たちの作品をほとんど読んでいるものだから、何かそういうものを捕物帳でうまく取り上げられないものかと思って、やってみたんだけど、やっぱりアメリカのものと同じようにはできませんね、条件が全然ちがいます。

――この「呼びかける女」（その後「漆黒の霧の中で」そして「ささやく河」と連作）は、あの続きを書くということで構想は。

藤沢　時間次第なんだけれどね。もう二本ぐらいは長編を書けるんじゃないかと思う。ただ、何を書くかというのはまだ確定していないですよ。続きを書くとしたらこんなところからだろうなあという、とっかかりが少しわかるだけでね。小説というのは、あまりきちんと計画して書いたものは面白くない。はじめはちょっとしたところから書き始めて、だんだん枝葉が出て、大きな小説になるというかたちが一番理想的でね。

――読む人によっていろんな読み方あるでしょうけれども、彫師・伊之助のような生き方を、今のサラリーマンはどう読むのか。本職は彫物師だけども、今でいえば、五時から男。それからのほうがよりこの人の能力や趣味に合った生き生きとした活躍をする。

藤沢　その物語でたびたび頭に浮かんでくるのは、伊之助が仕事から長屋に戻ってくると、何か人に部屋を見られたとか、入られたとかっていう感じがするわけね。たいした物があるわけじゃないから泥棒が入ったとは思えないし、まあ気のせいだろうと思うんだけども。

翌日になってひとつ盗まれた物があることに気がつくんですよ。それは古い、昔捕まえて島送りにした男が残していった物でね、値打ちがあるもんじゃないんだけれども、それを預かっていたんですね。何か、鴨居かどっかにちょっと置いてあったのが、翌日気がついて見たら無くなっていた――そこから話が始まる。あとはどうなるかわかりませんがね。

――ぜひ作品としてお目にかかりたいものです。長時間、ありがとうございました。

二章

政治と文学

史実と小説

（講演要旨をもとに再構成。文責・澤田）

今日は「史実と小説」ということをお話しさせていただきます。ちょっと難しそうですが、そんな難しいことではなく、私が時代小説、歴史小説を書く仕事をとおして感じたこと、その作り方と読み方とを、お話ししたいと思っております。

ご存知のように時代小説は、作りもの——主に江戸時代を舞台にした物語です。ですから、話も人物もどんな風に作ってもかまいません。とはいえ、何を書いても許されるというわけでもありません。

書くときには、史実の裏付けが要求されます。史実の裏付けとはどういうことかと申しますと、言うまでもなく、江戸時代と（昭和の）今とでは、ちがうところが多分にあります。たとえば時間の表わし方、地理、それに人の名前、季節、風俗などです。

時代小説を書くときには、こうした江戸の史実をきちんと踏まえていないと、その時代の物語だと読者の方々に認めてもらえません。

江戸の史実をきちんと踏まえることとは、容易ではありません。

なにしろ江戸時代というひとつの時代ではありますが、二五〇年以上もつづいていますから初期、中期、後期、末期で違いがでてきます。

たとえば、時間の表現です。江戸時代初期には、時間は、子《ね》の刻、丑《うし》の刻、寅《とら》の刻というふうに十二支で表わされていました。ところが中期以降になりますと、四ツ刻、九ツ刻という呼び方に変わってきます。ですから江戸初期の物語を書いている時に、「五ツ刻」「六ツ刻」という言葉を使うのは、注意がいるのです。

おまけに、江戸初期だからといって簡単に「子の刻」とか「丑の刻」と使うわけにはいきません。というのは、十二支による時間は、時間の幅を表わしているのです。幅は二時間あり、「子の刻」と言えば、夜の一一時から午前一時までを指しています。

たとえば、江戸初期の若いカップルが、お昼にデートの約束をする場面を書くとしましょう。「午《うま》の刻に、あの橋のたもとで会いましょう」と書くと、午の刻は昼の一一時から午後一時までありますから、一一時に男が、一時に女が来たのでは、到底会うことができません。これではすれちがいのメロドラマになりかねません。(笑)

地理もなかなかたいへんです。

江戸の市井の物語を書く時などは、「誰それが何町から何町まで歩いた」と書いただけでは小説にふくらみがありません。ですから、「歩く途中に、大名屋敷や何とか神社があって――」などと具体的な地名や建物名を書きいれて、小説を生き生きとさせなければなりません。

ところが地理、とくに江戸の町名はときどき変わります。その上、人間も住む場所を変えることが、よくあります。

実は私はそれで、失敗したことがあるのです。

松の廊下で吉良上野介《きらこうずけのすけ》が切られた翌日（注・元禄一四年三月一四日）の会話で、「松坂町の吉良さまのお殿さま」と書いてしまった。

赤穂浪士が討ち入りしたのが「松坂町の吉良の屋敷」でしたから、それが頭にしみ込んでいて、つい筆がすべってしまったのです。

吉良が松坂町に引っ越したのは、松の廊下での刃傷事件のあと。元禄一四年八月頃です。引っ越す前の屋敷は呉服橋にありましたから、「呉服橋の吉良さま」と書かなければならなかったわけです（注・シリーズ「用心棒日月抄」。『小説新潮』一九七六年九月号に「犬を飼う女」を発表。そのときは「松坂町」、単行本で「呉服橋」と訂正）。

時代小説で地名以上にややこしいのが名前です。江戸時代と今とでは、名前はずい分と違っています。ことに女の人の名前。何々子と「子」をつけるのは身分の高い人で、市井もの、人情ものに出てくる女の人の名に、「子」をつけるわけにはいきません。

その難しさに気がついて、名前一覧表を作ったことがありました。ア行のアではじまる名前は「あさ」「あき」、イ行は「いと」「いね」などと五十音を組み合わせて思いつく限りの名前を書き出したのです。一覧表ができて、その名前を使い始めると、「しの」や「おゆき」などというい名前は、先に使ってしまうわけです。ですから一覧表にいま残っているのは「おかめ」とか「おたけ」だけ。小説に使ってどうかと首をかしげるものしか残っていません。（笑）

名前については、私ばかりでなくみなさん苦労なさっているようですね。結城昌治さんが連作物の『始末屋卯三郎』の卯三郎という名前を考えだすのに一週間かかったといいます。これはもっともなことです。名前がぴったりと決まらないと最後までしっくりきません。

書き手にとって時代小説のおもしろさは、登場人物がいかに自分で動き出すか、にあります。作者の最初の考えと、違う方向へ勝手に動いていく小説がいいわけです。それには、気に入らない名前だとダメなのです。

そこで小説家は誰しも名前で悩みます。柴田錬三郎さんの「眠狂四郎」が「狂三郎」「狂五郎」だったらまずい。笹沢左保さんの「木枯し紋次郎」、あれなどは「紋太」「紋吉」では、カッコがつきません。（笑）

時代にあっていて、なおかつ小説の中で生きるような名前を使わなければなりません。ですから名前も広い意味で史実に入ると思うのです。

時代小説は、時間、地理、名前などの史実を踏まえて書かなければならない――とはいえ、時代小説は自由な書き方がよしとされています。作者が頭の中で空想・夢想して、いろんな人物を登場させて、自由に物語を展開できるわけです。

時代小説と史実はどういう関係かというと「物語プラス史実」とでも言うべきもので、史実は物語の本筋と深く関係してはいません。

しかし、歴史小説になりますと、史実のしめる割合が、がぜん多くなってきます。森鷗外も「歴史小説はみだりに変えるべからず、歴史そのまま」と歴史小説を定義付けています。ですから、歴史小説は歴史にあった事実をもとにして、小説、物語に組みたてた作品といえます。

ただ、歴史小説を書くときの問題は、歴史として残っている事実の、その先にあります。というのは歴史には、まったくわからない部分があるのです。わからない原因のひとつは資料不足です。ここまではわかっているがその先がどうもはっきりしないとか、中間の部分がわからないとか、欠けている資料はさまざまです。

それから、人物の顔や声、これも書く側としては知りたいことです。たとえば太閤秀吉の小説を書く時などは、秀吉がどんな顔でどんな声だったかがわかると、ぐっと書きやすくなります。ところが、有名人は肖像画などが残っていますが、普通の人は残っていませんから、想像して書かなければなりません。想像ですから、はずれてしまう場合だってでてきます。

まあ、そんな細かいところまでいいじゃないかと開き直ることもできるでしょう。でも、小説というのは、細かい所を丁寧に書かないと、全体が生きてこない。読者をその場にご招待するような臨場感のある小説がおもしろいといわれるのですから、リアリティをだすためには、細かいところほど必要になってくるのです。

資料不足でわからなかった例が、最近書いた歴史小説にあります。一昨年（一九七五年）から昨年にかけて鶴岡の方面の藩の一揆を小説（注・「義民が駆ける」、『歴史と人物』一九七五年八月号〜一九七六年六月号）にしました。殿様が川越の方へ国替えさせられるというので百姓たちが、隣国の殿様に嘆願したり、江戸まで行き国替え中止の願いをする一揆をおこすという話です。鶴岡あたりから江戸へ行くのですから、たくさんのお金が必要です。

当時の百姓は、現金をほとんどもっていませんでしたから、一揆をおこすための金を出資し、その一揆を助けた人がいたはずです。

それが酒田の豪商・本間さんであるらしいことは、ぽつんぽつんと資料にありました。しかし、本当にそうだったかはわからない。どうしてわからないかといいますと本間さん側にそうした文献が残っていないのです。百姓の方もお金をもらったなどということは書き残さないので、記録がないわけです。

のちに『荘内文学』という雑誌で知ったのですが、本間家では、どうも不要となった文書、人に読まれてはこまる文書を〝もちつき〟にしたのだそうです。臼に入れキネでついてしまいあとに残さぬようにしたらしい。これでは、わからないわけですよ。（笑）

作家が「歴史がわからない」というときが、資料が「不足していてわからない」場合のほかに、もうひとつあります。

それはどんなときかと言いますと、資料が「ありすぎてわからない」場合です。これは、歴史の本質的なわからなさ、ともいえるかもしれません。

資料はたくさんある。しかし、同じ歴史の項目に関してAという記述、Bという記述、Cという記述とさまざまな資料が出てきてしまう。どれが本当の正しい史実なのかが不明になってしまいます。

エンツェンスベルガーというドイツの作家が書いた『スペインの短い夏』（野村修訳　晶文社　一九七三年）という小説にもこれと同じことが書かれているようです。スペイン戦争の時のある指導者の死を調べているうちに、いろんな文献がでてくる。そのうえ、あの時はこうだったとかああだったとか証言する人もあらわれる。調べているうちにどれが本当だかわからなくなってしまったということを書いた小説です。

正史というものは、非常にしっかりした動かしがたい史実のように思われがちです。しかし、とりようによっては記録された正史ほど信用できないものもないわけです。時の権力、政治権力によって制約を受け、場合によって、記録は大きくゆがめられてしまうものなのです。徳川政権のもとにおいては、豊臣方のことは、よく書かれるはずがありません。また、政策として儒教道徳を採用していましたので、これに反するような赤裸々な本当の歴史も儒教的な目でみると非常に悪いという評価を得て、後世に書き残されはしません。仮に残ったとしてもかなり歪曲されて記録されてしまうはずです。

極端な例ですが、最近話題になりました中国の江青女史ら四人組は、毛沢東（注・一九七六年九月没）の葬儀にちゃんと列席していて、葬儀の模様を写したフィルムにも写っています。ところが、完成された記録映像からは抹殺されていて、四人の姿はどこにもありません。本当に政治というものは、おそろしいことをやります。

この間の戦争（注・太平洋戦争）のことだって歴史の表面に出てこない裏側の歴史がまだまだあるはずです。しかし、それを掘りおこすことがなかなかできない。それが歴史を題材とする小説を書く本当の難しさといえるでしょう。

歴史小説を書く上で重要資料とされる日記と手紙――これもまた、疑いはじめると果して全面的に信用のおける資料であるかどうか、怪しいところがあります。

日記などは、やはり心情として自分の不利なことは書かないでしょうし、手紙も同じです。

たとえば、猛烈な夫婦喧嘩をして、今度こそ離婚しようと思っていても、田舎の実家に書く手紙には、決してそんなことは書かない。「当方も変わりなく」なんて書く。田舎の方では「喧嘩しいしい、うまくやってるのかな」なんて思ってしまうわけです。実際には離婚寸前でも……。（笑）

しかし、「記録も日記も手紙も、あれもこれも信用できない」では、いくら待っても歴史小説は書き出せない。

では、どうするか。そこで、必要なのが作者の想像力です。資料を整理して、その上に作者の想像力をかぶせるのです。先ほどの夫婦喧嘩の手紙を最後まで読んで「うむ、これはやっちょるな」と見破れるほどに、歴史小説の書き手は資料に対する想像力を働かさないといけません。

この想像力さえあれば、資料不足や資料過多で難しさがあったとしても歴史小説は書けると言えるでしょう。

鷗外の言った「歴史そのまま」を、文言どおりに、歴史の再現と解釈すると、歴史小説を書くことはなかなか難しいのではないかという気がしてきます。

歴史小説を書こうと思ったら、わからないところは想像で補うしかありません。そうだとすると、作家である鷗外の言った「歴史そのまま」とは、それほど厳密な意味で言ったのではない、と私は思うのです。……そう思った方が苦しまなくてすみますし。（笑）

鷗外自身、「阿部一族」という歴史小説のなかで、こんな情景描写をしています。「夜露が真珠のやうに光っている。燕《つばめ》が一羽どこからか飛んで来て、つと塀の内に入った」。これはどういう場面かというと、竹内数馬が討手を率《ひき》いて阿部一族がたてこもる屋敷の門前に到着した、という非常に緊張したところです。「燕が一羽どこからか飛んで来て、つと塀の内に入った」。この文章は、おそらく文献には出てこない。これを書かせたのは、まさに鷗外の小説家としての想像力だと思います。

鷗外は、想像力というあいまいさをだんだん嫌いになって、おしまいには、「渋江抽斎」や「伊沢蘭軒」などという史伝を書くようになります。鷗外は、その頃の小説の権威者でありましたので、彼の到達した文献主義あるいは客観主義が、鷗外の小説家としての権威といっしょになって、強く後世に影響したのでしょう。その末端が私などにもおよんで、「歴史小説は書きにくいものだ」などと、つい考えてしまうのです。

しかし、あまり厳密に考えますと歴史小説というのは書けない。また、そんなに歴史を再現する、復元する必要も小説の場合はないように思います。わかっている限りの資料は尊重する。それをむやみに曲げたりしては歴史小説にはなりませんが、史実と史実のすき間を想像力で埋めたり、あるいは、資料に向き合ったときにこういうふうに解釈しようと想像力を働かせることは許されると思うのです。

小説というものは、歴史論文でも歴史読みものでもありません。目的が違うものです。そこにいかに人間が描かれているか、その人間の織りなす人生が、どのように描かれているか、それが小説の生命なのです。

ですから、私が書いた小説は、学生さんの参考書にはなりません。そこには書いた私という人間の想像力が働いているからです。

人物を生かすために、わかっていることをわざわざはぶいたり、ときには一級資料とはいえない、ちょっといかがわしい資料を引っ張ってきたりを、たまにしながら、小説を書いているのです。

小説とはこの程度のものだ、と私は考えています。

ただ、小説には、責任、価値がある。どんな方でも長い人生において一度や二度は「人間という存在はいったい何なのか」を考えることがあるでしょう。そんな時に、小説は読む人に何かの答えを与えられるもの、何らかの形で答えを出そうとしているものなのです。

私が日頃、小説というものを書きながら考えていることを、今日はお話しいたしました。時代小説、歴史小説と史実とが、このようなかたちで繋がっているということを、少しでもご理解いただければありがたいと思っています。

高村光太郎と斎藤茂吉

――二人の作品と戦争との関係

（文責・講演会セミナー世話人会）

ここ四年ほどは体調をくずしておりまして講演はお断りしているのですが、今日は女学校の皆さんのお集りということでやってまいりました。

今日の話は講演というより雑談のようなものですので、光太郎と茂吉の話もかた苦しくはありませんから、そういうつもりでお聞き願いたいと思います。

一昨年（一九八七年）、岩手の方に旅行いたしました。私どもの旅行といいますとたいがい取材になるのですが、そのときはそうじゃなくて遊びに行ったのです。

岩手というところは非常に落ちついた印象のある感じのいいところで、古い物がよく保存されて丁寧に残されている、そういった土地柄のように見てまいりました。

例えば記念館なんかもいろいろとありまして、啄木、原敬、これが盛岡のすぐそばにあるわけです。それから花巻の方へまいりますと宮沢賢治、花巻の南の方に高村光太郎の記念館があります。それから平泉に来て中尊寺と毛越寺跡を見る、そんな順序で、四人でブラブラと旅行しました。

盛岡の市内を見ますと、新しい建物の間に古い建物が非常に格好よくはさまっているといった印象が強く、きいてみますと大正とか昭和初期に建てられた物がよく手入れされて残っているという事でした。大変古い荒物屋があるというのでこれも見に行きましたが、裏手の方に土蔵が四つくらいありまして、その一つは天保何年かの建築なのです。県の指定という事で残っているわけですがよく保存されています。鶴岡でいいますと一日市《ひといち》町に電気会社というのがありましたが、ああいった風格のある建物が市内に残っているという感じです。

啄木とか原敬、宮沢賢治、高村光太郎などの記念館も、手紙や原稿、初版本、使用した品物とか、いろいろな物がよく保存されておりました。

なかでも私が最も感銘を受けましたのは宮沢賢治の羅須地人協会でした。これは賢治の家を復元したもののようで、賢治がそこに住んで花巻の青年達を教えたりした小さな家なのですが、ピカピカの記念館よりもそちらの方が、いかにも賢治の生活が見えてくるという感じがいたしました。これは花巻農業高校の敷地の中にあります。二階に上りますと四畳半かそこいらの小さな部屋に裸電球がぶら下っていました。暮方訪ねましたもので、ちょうど上を夜鷹なんか飛んで行きまして賢治の世界という感じがしました。

それと同時に非常にショックを受けたのは、高村光太郎が東京から疎開して住んだ小屋なのです。記念館というのもありますが、その前の方に小屋がありまして、そこを最初に見るようになっております。

私は東北を全然旅行した事がなかったので見るまでわからなかったのですが、物の本には山荘などと書いてありますので、もう少し別荘風の物じゃないかと思っていましたら、非常に粗末な小屋なのでびっくりしました。近づきますとちゃんとした建物が見えて来ますが、それはじつは覆屋で、中に本物の小屋があるわけです。

私の生れた高坂というところは、鶴岡の南、金峰山のふもとにあるのですが、この村に私が子どものころ、作右衛門さんという人がいました。家は元来はちゃんとした農家でしたが、作右衛門さんはいまで言えば精薄（知的障害者・澤田注）で生活能力がないので、親戚に小屋を建ててもらって村はずれに住んでおりました。昔を思い出しますと、そういう人は割に気楽に一般人にまじっていたような気がするんです。オノブちゃんなんていう人も鶴岡にいましたね。それとボクドーヤッコ。それから少し ローカルになると、田川のサダオ、この人もかなり有名人でした。それからもう少し時代が下りますとニリュウさんなんていう人、彼はヤッコとは言えない画家なのですが、あちこちまわって親方衆にかわいがられていたものです。こういうひとたちにくらべると作右衛門さんはいかにもマイナーな存在でしたが高坂では一番有名で、人びとに愛されていました。

光太郎の小屋は、この作右衛門さんの小屋と同じようなものでした。おそらく冬になったら吹雪の晩なんか中に雪が入ったんじゃないかと思います。そこに光太郎という人は七年間も住んだわけです。七年というのは疎開としてはあまりにも長いのですが、これはこの生活を光太郎が自己流謫《るたく》ととらえたからなのです。原因は戦争協力でした。戦争中に軍に協力した事を非常に後悔しまして、反省の生活に入った、その場所がこの小屋だったのです。

戦争協力という事を具体的に申しますと、光太郎は美術界を代表して大政翼賛会の中央協力会議の議員になりました。それから文人の戦争協力機関であった文学報国会の詩部会会長をつとめました。そして戦争を遂行する為の、国民を鼓舞する為の詩を書いたという事が、光太郎の自分でいう戦争協力の中味なのです。

そういう過去を清算するために小屋にこもって何をやったかといいますと『暗愚小伝』という詩をまとめたわけです。自分がいかに無知な愚か者であったかということを、子どものころから戦争までのいろいろな段階でふり返っているわけです。

光太郎はこの自責のために、昭和二二年（一九四七年）に芸術院会員に推されましたが断りました。しかし『典型』が読売文学賞に推された時は受けています。これは昭和二六年（一九五一年）です。

結局、『暗愚小伝』のように自分を全部さらけ出した作品が賞を受けたことによって、世の中から許されたという感じを持ったのではないかと思います。それで翌昭和二七年（一九五二年）にようやく東京に帰ったのです。

この小屋を見ているうちに私が思い出したのは茂吉の事でした。

私は斎藤茂吉という人を身近に感じている割にはよく知りませんで、『白き瓶《かめ》』という小説を書いた時にはじめてその経歴を知ったわけです。そして茂吉と光太郎の晩年の経歴が非常に似ている事に気づきました。

光太郎よりひとつ年上の六三歳だった茂吉は、昭和二〇年（一九四五年）の四月に故郷に疎開しまして（山形県）、その後大石田の名家の離れに住み、新しい作歌生活に入りました。妻子と離れての一人住いで、病気になったりして苦労しているのですが、この離れは上下二部屋ずつある家で、光太郎よりはかなり恵まれていました。また、結城哀草果《ゆうきあいそうか》さんとか板垣家子夫《かねを》さんとか、地元の歌のお弟子さん達が献身的に世話をしてくれたという事で、光太郎にくらべればかなり恵まれた生活といってよいかと思います。茂吉もここで詠んだ歌を『白き山』という有名な晩年の歌集にまとめています。

こういう経歴や状況が二人は大変似ているのですが、光太郎と茂吉の決定的な違いは、茂吉も戦争協力をしているのに、茂吉には光太郎のような自責の念がまったく無かったという事です。

茂吉の戦争協力というのは、実にたくさんの戦争賛美、戦意昂揚《こうよう》の歌、いわゆる戦争協力の歌を詠んだ事で、その中には東條首相賛歌などというくだらない歌もありました。これらの戦争協力の歌を抜粋しまして『万軍』という歌集にまとめましたが、こういう歌は観念的でスローガンみたいな事を述べているだけで、茂吉のものとしてはできがよくありません。戦争に関しては、いい歌も詠んでいるのですが、一方でつまらない歌を平気で詠んで、しかもそのことを全然恥じていないのです。

それというのも、茂吉という人は自分でも戦争に夢中になった人なんですね。日中戦争が始まる前までは、まだするどく世の中を考察していたところがみえまして、たとえば、五・一五事件（昭和八年）のころには、「おほっぴらに軍服を著《き》て侵入し来るものを何とおもはねばならぬか」（『石泉』）と詠んだように軍が横暴な事をしている事を把握していました。また二・二六事件の頃の日記（昭和一一年二月二九日付）にも「荒木、まさ木（真崎）等の国賊がからくりして遊んでいる」ためだと書いているように、はっきりわかっていたのですが、日中戦争が始まりますと、たちまち心情的に戦争に巻き込まれていったのです。

たとえば昭和一八年（一二月一八日）の日記にこういう過激なのがあります。「敵ガニューブリテン島ニ上陸シタ。敵！　クタバレ、コレヲ打殺サズバ止マズ。止マズ！　止マズ！　生意気ノ敵ヨ、打殺サズバ止マズ」と非常に元気がいいのです。茂吉の元気というのは戦争が終っても衰えませんで、昭和二〇年（一九四五年）九月三〇日の日記にはこんな風に書いてあります。「今日ノ新聞ニ天皇陛下ガマッカァーサーヲ訪ウタ御写真ガノッテイタ。ウヌ！　マッカァーサーノ野郎」、こういう風に熱狂的な戦争賛美者といいますか、協力者だったわけです。

しかし、たいていの人は戦争が終ると「ああそんなものだったのか」などと思うのですが、茂吉に限っては全く夢から覚めるという事がなかったように思われます。

光太郎の『暗愚小伝』の中にこういう一節があります。「その時天皇はみずから進んで、われ現人神《あらひとがみ》にあらずと説かれた。日を重ねるに従って、私の眼からは梁《つっぱり》が取れ、いつのまにか六〇年の重荷は消えた」。これが戦争の普通の日本人の心境だったわけですが、茂吉にはこういう自省がないのです。

しかし、東條首相賛美といったようなものを書いてケロッとしているというのは、いろいろな人から云々され、戦犯の指定という話もでてきたのですが、茂吉には自分一人がやったわけではないという言い訳の気持ちが強くありました。

『白き山』に入っている「軍閥といふことさへも知らざりしわれを思へば涙しながる」

という歌は、戦犯という声が出てきたので、それを逃れるために詠んだのだといわれています。

「アララギ」の歌人で、茂吉の戦争中の歌をかばいにかばって伝記を書いた柴生田稔さんも、伝記の中で「軍閥といふことさへも知らざりし」とは何事か、非常に情けないと言っています。

高村光太郎に『暗愚小伝』に載らなかった「わが詩をよみて人死に就けり」という詩があります。「その詩を戦地の同胞がよんだ。人はそれをよんで死に立ち向った。その詩を毎日読みかへすと家郷へ書き送った潜航艇の艇長はやがて艇と共に死んだ」。これは断片で未完の詩らしいのですが、戦争協力の詩とか歌とかは、それを読んで未練を断ち切って戦争に行った人があるかもしれない。それを気持ちの支えにして死地におもむいた人がいるかも知れないということを考えるべきものなので、文人とか小説家、歌人といった人に戦争責任があるとすれば、まさにこの一点にあるわけですが、茂吉の頭にそれがなかったのはいささかさびしい気持ちがします。

その理由のひとつは茂吉が職業的な歌人だったということかも知れません。茂吉は精神科医であるとともに歌を詠んで収入を得るプロの歌人でした。海軍記念日などの行事があると、それについて詠んで下さいという注文が、新聞社あたりからきて、五首なり三首なり詠んで渡すわけです。注文を受けて作る歌ですから自分が作りたくない時もあるけれども、プロだから何とか作る、そういうことでまとめた歌もかなりあるのではないかと思われます。したがって、私はたのまれて詠んだのだという事で、戦争協力といわれる歌についても自責感が少なかったのではないでしょうか。

また、これは私の独断と偏見みたいなものですが、茂吉という人には田舎生れの一種の鈍感さみたいなものがあったのではないかという気がします。

茂吉のエッセーの中に「岩波茂雄氏」というのがありまして、そこにはこんな話が載っています。岩波さんに「帝国ホテルのプルニエにお昼までにきてくれ」という連絡をもらった。帝国ホテルに行って下でいくら待っても岩波さんは現われない。一時間位待ったら上から岩波さんが降りてきて「あんたはプルニエを知らなかったのか。斎藤さんは何も知らないね」と云われたというのです。

帝国ホテルのプルニエなどといいますと、田舎出身の人でも知ってる人は非常に敏感に知っているわけです。ところが知らない人は全然知らない。そういうことにあまり関心がないといいますか、そういう二種類の性格があると思うのです。

茂吉はどちらかといいますと、歌と精神科の医師という職業に関しては非常に熱心であるけれども、他の事には本質的にあまり関心がなかったのではないかという気がいたします。

それで、戦争の勝ち負けなどに非常にこだわって関心を持っても、そのよってきたるところにはまったく無知であったとしか思えないのです。

本林勝夫さんの『斎藤茂吉論』の中に、戦争中に愛国百人一首を作ろうという会合があった事が書かれています。

茂吉もその委員の一人に選ばれたのですが、その会合で実朝は鎌倉幕府の将軍だったという理由で「山はさけ海はあせなむ世なりとも君にふた心わがあらめやも」という歌をはずそうという委員がいたそうです。それをきいて茂吉は猛然と発言し、実朝の歌をはずくらいなら百人一首などやめた方がいい、そういう俗論を打ちくだくためには、歌をつくる者は生命を投げ出したっていいでしょうといった。これなどは他の事には鈍感であったけれども、歌人としては一流だったという一例かと思います。

同じ本に紹介されている広津和郎の昭和一九年六月一〇日の日記に次のような事が書かれています。

水交社で海軍報道部長をしていた栗原大佐という人が、当時の文化人をよんで意見をきいたのですが、何をいっても憲兵隊に通報するような事はしないという約束でした。その顔ぶれは小泉信三、鈴木大拙、馬場恒吾、長谷川如是閑、信時潔、鈴木文史朗、志賀直哉、武者小路実篤、斎藤茂吉、正宗白鳥、小林秀雄、西田幾多郎、広津和郎、こういった人達です。

ここで志賀なんかは、「日本の総理は精神鑑定の必要がありはしないか」などと言いたい放題のことを言っています。しかし、この時茂吉はあまり発言しなかったようです。志賀などはしかるべき所から裏の情報を得ているわけですが、茂吉は戦争に裏があるなどという事を知らなかったのではないかと思われます。この時の会議で発言しなかったのは、志賀達が何をいっているのか理解できなかったのかもしれないと思われるのであります。

これは戦争の実態というものをわかっている人達の事ですが、全然知識がなくとも庶民感覚で戦争の行方を疑っていた人もいました。土岐善麿の終戦直後の歌に「あなたは勝つものと思っていましたかと老いたる妻のさびしげにいふ」というのがあります。この歌をみますと、土岐は時勢に抗して筆を折った人ですが、彼も明治人ですからのちには心情的に戦争にのめりこんでいたのではないかというふしがうかがえます。奥さんの方は「勝つものと思っていましたか」というわけです。

こういうわかっていた人もいるとすると、茂吉が皆と一緒だといっても必ずしも免罪符にはならないという気がしますが、ともかく戦争協力の自覚がないのですから、反省のしようもないわけですね。しかし、歴史を読みとるには、複眼的な思考が必要だと思います。

歴史というものは決して一面的ではなく勝者の論理があれば必ず敗者の論理があります。それが歴史の総体であろうと思うのですが、茂吉の生涯もすでに歴史でありまして、これを理解するには一面的でない見方が必要です。

茂吉の戦争協力の不感症ぶりに少しこだわってみたのですが、その一面をもって鬼の首でもとったように茂吉はつまらない人だというようないい方をするのはどんなものだろうと思います。茂吉という人格の全体を眺めますと、やはり短歌界にそびえ立つ大きな山であります。茂吉のいない近代短歌界を考えると、非常にさみしいものになるのではないでしょうか。芸術家は結局残されたもので評価が決まります。茂吉は偉大な歌人だったし、いまなお偉大です。

ただ、いくら偉大な歌人であるからといって神様扱いするのは私は嫌いで、茂吉もやはり欠点の多い一人の人間とみたいわけです。戦争協力の一点をみても、人間的な欠点の多い人だという事がわかります。これもまた、隠すことなく茂吉の全体像の中に含めその上で、茂吉の業績をたたえるべきものだろうと思います。

最後に生前、茂吉がどういう歌を気に入っていたかという事が、最近の新聞に出ておりました。

私は非常に意外だったのですが、こういう歌なのです。

春の雲かたよりゆきし昼つかた
とほき真菰《まこも》に雁しづまりぬ（『白桃』）

これは昭和八年（一九三三年）に千葉県の柴崎沼に行った時に作った歌です。生涯の作品から代表作を一首選んだときにこの歌にしたといったほどの自信作だったそうです。

これは『白き山』などにくらべると非常に地味な叙景歌ですが、私はこれをきいて大変うれしくなりました。といいますのは、私もまた、茂吉の歌で一番好きなのはこういった叙景歌なのです。

中でも好きなのは歌集『つゆじも』にある歌で、

あまつ日は松の木原のひまもりて
つひに寂しき蘚苔《こけ》を照せり

というものです。これは信州に静養に行った時に詠んだ歌らしいのです。

『赤光』とか『あらたま』といった歌集にも非常にいい歌があるのですが、これ等は私ぐらいの年になりますと、ちょっと文学的すぎるように感じられます。

また『白き山』にはたくさんの名作があるのですが、やや声調が整いすぎているというか、立派すぎるような気がするのです。たとえば、

最上川逆白波のたつまでに
　ふぶくゆふべとなりにけるかも

というような歌は、どうも立派すぎるような気がして、私は「あまつ日は――」の歌のつつましさが好きなのです。

これで私の話を終ります。

雪のある風景

前に、講演が嫌いで、などと書いたが、その講演に呼ばれたおかげで、私は（一九七六年）一一月二五日から六日間、冬近い鶴岡にいることが出来た。実際に後半の三日は雪が降り、私が帰るまで消えなかった。講演は（遊佐町）吹浦《ふくら》のとりみ荘で開かれていた飽海《あくみ》の校長会と、（鶴岡市）由良のホテル由良で開かれていた田川の（小中学）校長会、それに鶴岡三小のPTAの集まりの三カ所だった。

校長会の集まりに、話を聞いてくれる人が全部私の先輩ということになるので、私は少し固くなって「史実と小説」などということを喋《しゃべ》ったが、先生方がはたして面白かったかどうかはわからない。場違いなことを喋ったような気もした。

三小のPTAの集まりは、私が鶴岡に帰ってから一番寒かった日で、お母さん方も、傍聴の先生方、役員の方、それに話している私もふるえあがってしまった。話の中味も、小説書きの裏話のようなことでお茶をにごし、私はあとでもうちょっと実のある話を用意すればよかったと後悔した。

もっとも以前書いたように、もともとが話し下手なのだから、そうしたからといってうまい話が出来たかどうか、わからない。

これで講演は終りだったはずだが、二九日の夜、私は（山形）二区から今度の衆議院議員選挙に出たＯ氏の選挙演説会にひっぱり出された。むろん選挙の応援演説などということは、生れてはじめてのことであり、私には似あわないことだった。

ふだん私は、こういうことには慎重な方である。それは、ほかのひとはいざ知らず、非力な作家である私など、特定のイデオロギーに縛られたら一行も物を書けなくなるだろうという気がするからである。また政治家の人間の把え方と、作家の人間をみる眼は違うという考えもある。

作家にとって、人間は善と悪、高貴と下劣、美と醜をあわせもつ小箱である。崇高な人格に敬意を惜しむものではないが、下劣で好色な人格の中にも、人間のはかり知れないひろがりと深渕《しんえん》をみようとする。小説を書くということは、この小箱の鍵をあけて、人間存在という一個の闇、牟質《ぼうし》（注・矛盾）のかたまりを手探りする作業にほかならない。

それが世のため人のために何か役立つかといえば、多分何の役にも立たないだろう。小説を読んでも、腹が満たされるわけでもないし、明日の暮らしがよくなるわけでもない。つまりは無用の仕事である。ただやむにやまれぬものがあって書く。まことに文学というものは魔であり、作家とは魔に憑かれた人種というしかない。そして、それだけの存在に過ぎないのだ。

これに反し、政治家は法律をつくり、制度と機関をつくり、これを行政に移して運用させ、人々の腹を満たし、財布の中味をふやそうとする。つまり人間の現実的な生活にしあわせをもたらすのが仕事である。少くともそれを仕事の目的としている。小説書きとは仕事の次元が異なる。

こういうわけで、私は日ごろきわめて非政治的なところで仕事をし、生活している。むろん物書きにも一市民としての政治との接触はあるから、選挙のときには希望をこめて、あるいは憤りをこめて一票を投じる。だがその程度である。政治家とも面識がなく、政党ともコネクションがない。またそれが必要とも思わない。

しかし一一月になって、東京を発つことになったとき、私は鶴岡に帰ったらO氏の方から電話があるかも知れない、と思い、話をしろと言われたらやるしかないと思っていた。校長会の講演の日程は、春から決まっていたことで、それが選挙の終盤に重なったのは、まったく偶然のことである。しかし偶然にしろ重なってしまった以上、O氏の方は猫の手も借りたい心境になっているだろうし、接触があれば、知らないふりは出来ないと思ったのである。O氏は、私の友人であるが、私はただ友情だけでそう考えたのではなかった。

私は政治というものに、時にかなり懐疑的な感想を抱くことがある。国を治め、天下を平穏に保つのが、政治の目的だろうと思うが、古来政治によって世の中が平和で、万民が幸福だったなどという時代がどれほどあったろうかと考えるのだ。

飢餓があり、戦争があった。人類の歴史というのは、政治的には失政の連続ではなかったか。政治というのは、声が高いわりには非力で、人間を本当に幸福にしたことなどなかったのではないか、といった感想である。

こういうことを言うと、歴史というものを、一度唯物史観でおさらいする必要がある、と説教されそうだし、またその感想には、階級という視点が欠けているという指摘がされるかも知れない。確かにどんな時代にも、富める少数がいたことは事実だし、また唯物史観は、政治が失政にならざるを得なかった理由を指摘している。戦争が起こった原因も、執政者が決して悪人などでなく、政治的手腕も情熱もあったにもかかわらず、政治が行きづまったりする不思議さも解き明かしてくれる。

ではそれだけわかって、それで世界に一カ所ぐらい人間の幸福を保証し得ている政治が行なわれているかというと、現実にそうではないようである。政治と人間という問題は永遠の課題で、もしかすると、政治は人間を包含し切れないのではなかろうか、というのが、時どき私を襲う疑いである。

そうは言っても、私は無政府主義者ではないので、よりよい政府が出来、いい政治をしてくれることを期待する気持ちは人後に落ちない。疑いながらも、いつかもっとよくなるだろうと期待しないわけにはいかない。

そういう期待の支えになるのは、歴史の進歩ということである。複雑怪奇な軌跡を残しながらも、人間集団は少しずつ進歩してきた。もはや奴隷を首切る専制君主は現れないだろうし、封建制度の世の中に戻ることもないだろう。人間が人間らしいゆとりを持って生きられる時代がくるだろうと、それを政治に期待し、望むのは正しいのだと私は思う。昔からそういう望みが、少しずつ人間を解放し、歴史を進歩させてきたのである。

こういう人間の望みを汲みあげ、現実に生かして行くのが、政治の原型だろうと思う。私が政治家としてのO氏を尊敬するのは、そういうことである。O氏は人間の政治に対するナイーブな願望を、政治の上に生かそうと懸命であるだけでなく、彼自身政治とはそうしたものでありたいと願っていると私には見える。それは政争の権謀術数の中で、多くの政治家が失ってしまった、政治に対する初心のことである。

政治家を志したとき、彼が抱いたであろうその初心は、いまも変ることなく、堂々と彼を人のためにつくさせるのである。彼がやるように、誰かが出来るかと問いたい。少なくとも私にはとうてい出来ない。彼がやっていることを考えると、観念的な懐疑論など、口に出せるものではない。

応援演説をしたことで、私は姉たちから少し非難めいたことを言われたが、意に介さなかった。周囲にそう言われるだろうことは、百も承知でしたことである。私はただ一人、政治家として尊敬できる人間のために喋ったのだ。

O氏は落選したが、新聞で読んだ彼の敗戦の言葉はいさぎよく、彼に対する私の考えが間違っていないことを示していた。彼の中には、彼を知ってから二十数年、一貫して変らない信頼できるものがある。

無責任なことを言えば、落選もまた悪くない。O氏は彼を支持した票にこもる願いを実現するために、もう何かをはじめているだろう。郷里はいま冬で、彼はその雪のある風景の中に立っている。だがその冬は、そんなに長い冬ではないだろうという気がするのである。

祝辞

小竹《おたけ》輝弥さん。

このたびは自治功労と永年勤続議員の両方で表彰を受けられたとのことで、おめでとうございます。

小竹輝弥さん。

あなたのことを考えるときいつも思い出すのは、あなたが政治的な信条のために山形師範を卒業したものの教職に就けなかったときのことです。あなたは鶴岡で文房具の販売をはじめ、私が勤める湯田川中学校にも回って来ました。

私はそのころ、職員室であなたと二人きりでむかい合って話したことをおぼえていますが、そのとき少しはあなたから文房具を買ったでしょうか。その記憶はなくて、いまも私の心に残るのはそのときに感じたうしろめたい気持ちです。私はあなたとむかい合いながら、政治的な信念のために逆境にいる友人を見て見ぬふりをし、自分だけはぬくぬくと教師生活に安住していることを、みずから恥じないわけにはいきませんでした。記憶がいまもはっきりしているのは、その自責のためだろうと思います。

しかしかえりみれば、その時代の、逆境に堪えて政治的信念をつらぬいたがんばりが、のちの政治家小竹輝弥をつくったのではないでしょうか。

あなたはやがて政治への道を歩きはじめ、時には真黒に日に焼けて炎天の町を歩きまわり、時には長靴をはいて水が出た村々に入りこみ、人々の訴えを聞きとってその声を政治に結びつけるために、奮闘努力しました。人々のために、政治が何が出来るかを、あなたほど誠実に考え、また身を削って実現のために行動した政治家を私は知りません。たとえば土地にむかしからあった共産党アレルギーが、ある時期からほとんど払拭されたのも、あなたのその行動力と誠実な人柄のしからしむるところだったろうと私はみています。

このたび自治功労と永年勤続議員の二つの表彰を受けられたわけですが、私は地方政治家としてあなたほどこの表彰にふさわしい人はいないのではないかと考えているところです。そしてまた政治家としてはらった血のにじむような努力に対して、従来報われること必ずしも多くはなかったあなたが、このたびの栄誉に輝いたことを、友人の一人として心から喜ぶものです。

小竹輝弥さん。

私はあなたを友人に持つことをつねに誇りに思っています。そしてあなたが、この表彰を機会にさらに情熱を燃やして、長く地方政治の充実発展のために活躍されることを、友人を代表して強く希望し、お祝いの言葉とします。おめでとうございました。

（昭和六二年二月二七日　山形師範の友人一同を代表して）

三章
私のみた藤沢周平

澤田勝雄

●はじめに

山形県鶴岡市出身の作家・藤沢周平さんが逝去（一九九七年一月二六日）して一四年──。『全集』（二五巻・別巻一巻）に収められた作品は、いまも新しい読者を獲得している。良質な文章によって織りなす作品世界は、その読み手に尽きない魅力を与えている。

藤沢さんの時代小説は、いまの時代──それは、高度化した資本主義社会の必然として、生きにくい日常にあって、労働に疲れたサラリーマン、ＯＬを癒し、子育てに追われる母親への応援歌ともなっている。

同時に、自身を語ることの少なかった藤沢さんのエッセイ、小文は、郷里の庄内地方や幼年・少年時代、創作秘話などをつうじ、従来の中間小説とは一味違った形で、藤沢さんの人間観、歴史観を知る上で、もう一つの楽しみを与えてくれる。

太平洋戦争中の苦い体験から、政党や政治活動には一歩、距離を置くというか、慎重だった藤沢さんだったが、時にその一線を越えて、革新政党の候補の応援をし、エールを送った。激しい心情を吐露する文章の一節に出会うこともある。大好きな農業の営み、自然の破壊行為と無策な政治の姿に、「静かな怒り」を見ることができる。

前掲の「とっておき十話」（赤旗日曜版、一九九〇年六月一七日号から一〇回連載）は、編集部の依頼で、藤沢さんが、忙しい時間を割いてロング・インタビューをうけ、自ら朱入れしたものだ。著作『凶刃』『半生の記』での訪問記事もその都度、創作の楽しみや苦悩を真摯に語っている。

エッセイ「雪のある風景」は、「周平独言」（一冊の随筆集にもなっている）というタイトルで『月刊グラフ山形』（東北出版企画）に連載した一本で、一九七七年初めに書かれた。「全集」や単行本には未収録のものであった（のちに『帰省　未刊行エッセイ集』に収録、二〇〇八年、文藝春秋）。それには理由があったようだ。テーマが、藤沢さんにしては、珍しく政治そのもの、国政選挙について述べているからだった。一九七六年一一月の衆院選に、同郷（鶴岡市）で山形師範学校（現・山形大学教育学部）の同窓だった友人が、山形二区から日本共産党公認で立候補した。たまたま、郷里での講演のため帰郷したおり、その友人の応援演説に立った――そのことを書いたのだった。「O氏」として登場するのが、長年、日本共産党の山形県議をつとめる小竹輝弥さんである。「祝辞」は、小竹氏のために書かれ、「藤沢さんの人柄を端的に語る文章と思い、大切に保存してきた」（小竹氏）ものだった。

山形県鶴岡市高坂（旧黄金村）は、私の母方の郷里でもある。私の上京の時、「挨拶に

1990 年、インタヴューのあとで。東京・大泉学園町の
藤沢宅前。左から澤田、藤沢、和子夫人

行きなさい。仕事のうえでもお世話になるだろうから」といって、対面のきっかけをつくってくれた祖母・石川かねせも北海道の地で一九九三年、八六歳で鬼籍の人となった。

訪問そしてインタヴューへ

●血筋から共産党員がでたか

私が、東京・練馬区大泉学園町の自宅を訪ね、藤沢夫妻に初めてお会いしたのは、一九八八年（昭和六三年）の春だった。家のまわりには、まだキャベツ畑が残り雑木林がわずかに見受けられた。以来、一〇年間、一〇回余、お会いして、話を聞くことになった。

札幌の「赤旗」北海道総局勤務となった私は、久しぶりに北海道登別市に住む母方の祖母（石川かねせ）を訪ねた。祖母が「東京にいったら、周平さんに会いなさい。小説家として有名になったが、昔と同じで偉ぶらない、思いやりのあるおじさんだから」といい、背をポンと押された形で足を運んだのだった。祖母の父（多市）は、藤沢さんの母と兄妹、つまり、祖母と藤沢さんとは「いとこ」の間柄だった。

随想集『周平独言』の「母系の血」のなかで、「母の方の家は、やはり高坂にあって石川多郎右衛門と言い……母の兄多市は北海道にわたり、その土地で死んだ。……従姉が、いまも東室蘭に住んでいる」と書かれている。祖母の夫（賢治）は長年、東室蘭で鉄道員だった。

二階仕事場から下りてきた藤沢さんは、落ち着いた物腰で、ちょっとはにかんだ笑いを浮かべ、ていねいに受け答えする――それは作家というより、分教場の先生のようだった。恩師のようなやさしい印象は、その後もずっと変わらなかった。うちとけて、私は娘の不登校の悩みや私自身の四〇年余の歩み、大学時代に学生運動のなかで日本共産党に入り、思想差別で教職に就けず、会社員をへて赤旗記者になったことなど――を話した。「聖職たるべし」といった教師像のこと、日本の政党状況、世界の共産主義運動の話にも及んで、「日本の共産党員で良かったと思っています」ともいった。

静かに聞いていた藤沢さんが、「思想差別」の話のとき、一瞬、顔を曇らせたが、もとの穏やかな表情にもどって、「そうですか、石川のまき（血筋）から共産党員がでましたか」と感慨深げだった。この時の好印象が、その後、取材でたびたび、足を運ぶきっかけとなった。自著『本所しぐれ町物語』にサインをして、私の母へと託された。

その日からほどなく、藤沢さんから、札幌の母に、ハガキが届いた。食物へのお礼とあ

かねせ（右、澤田勝雄の祖母）とたきゑ（藤沢周平の母）。鶴岡の小菅家にて

わせて、「この間は、勝雄君に来てもらって、いろいろとたのしいおしゃべりをしました。これが血縁というものなのか、とても不思議なうれしい気分でした。……登別のお母さんにもよろしくお伝えください」と書かれていた。

●連載小説「呼びかける女」

その初対面から一〇年前に遡る。一九七八年、「赤旗」日曜版の新年号から、藤沢さんの時代小説「呼びかける女」の連載が始まった。「時代小説の中で、市井《しせい》ものとよばれる小説に、私は愛着を持っています。人情ものともよばれますが、そう言ってしまうと型にはまりますので、私は市井ものを、もっと広い意味の、当時の江戸市民の暮らし全体を指すものと解釈しています。愛着を持つのは、この分野の小説が、だんだんにほろびつつある気がするせいかも知れません。一方、私は推理小説が好きで、捕物帳形式ではない時代物推理のような小説を書きたい」(作者のことば)とのべ、同年一〇月まで四二回にわたった。彫師・伊之助を主人公とするハードボイルド風の味のある小説展開だった。単行本で「消えた女」と改題し、「彫師伊之助捕物控え」シリーズとして、その後、「漆黒の霧の中で」「ささやく河」と書き継がれた(一九八五年に完結)。

●人生の応援歌

それから一二年が経過した。

藤沢さんは、直木賞、山本周五郎賞、朝日文学新人賞の選考委員であり、長塚節の生と歌を綴った「白き瓶《かめ》」で第二十回吉川英治賞（一九八六年）、新井白石の生涯を描いた「市塵《しじん》」で芸術選奨文部大臣賞を受賞（一九九〇年）するなど、時代小説の書き手として確固とした位置にいた。郷里・鶴岡では、郷土出身の著名な文士として、たびたび講演を依頼されていた。

インタヴューを申し込むと、藤沢さんは、「私が赤旗新聞に出ることで、あなたの党に役立つなら」と、三カ月後に忙しい日程をさいて、快く時間をとってくれた。

一九九〇年四月中旬、東京・練馬区大泉学園の自宅で二日間、五時間余にも及ぶロング・インタヴューとなった。普段はとつとつとして言葉少なく、作品の風情と同じに、静かさを大事にする人だった。が、このときは、実によく話した。体調もいいようだった。

生まれ育ち、作品の原風景となった庄内地方の自然と昔ながらの農家のすがすがしさ、近所のかみさんが寄って世間話をしているときでも部屋の片隅で本を読んでいた少年のころ、軍国主義教育のなかで出会った恩師のこと、腹ペコで同人誌を出した学生時代、社会学の大学となった東京の結核療養所での人間模様、東京の小さな業界紙に勤めていたころ、鬱屈《うっくつ》した気分を流し込む作業として小説を書いたこと、直木賞受賞のあとさき、郷里の中学校教師の時の教え子との涙の再会、父・母そして血筋、文学の魔性との距離の取り方、時代小説の魅力と先行き――など、インタヴューは多岐にわたった。

一〇回分の原稿には、毎回よく練られた言葉の加筆が赤インクでされ、短い手紙を付けて返送されてきた。私は小学校時代の返却された「作文」を思い出したのだった。最終回の分には、「十回目の改訂稿を送ります。小説の締切りがあって、こっちの方が遅れてしまいました。原稿を見るのは私も大変でしたけれども、つくるあなたも大変でしたね。ごくろうさんでした。七月六日」とあった。暖かな気配りをする人だった。

こうして、一九九〇年五月。「赤旗」日曜版の一面に、大きな写真入りの「とっておき十話」藤沢周平（第一回）が開始された。〈人生の応援歌〉として日曜版の売り物企画であり、「赤旗」読者だけでなく、文学関係者にも波紋をよんだ。

人の痛みを自分の痛みと

「初めてお会いしたあの時、なぜ藤沢さんが顔を曇らせたのか」、その訳が私なりに得心できたのは、一九九七年一月、藤沢さんの突然の訃報がもたらされてからだった。東京・

信濃町での葬儀、告別式の多数の参列者のなかに、小竹輝弥元県議の姿もあった。「人の痛みを自分の痛みとして受けとめる方でした」という小竹さんから聞いたある出来事が、氷解してくれたのだった。

小竹さんが六期二四年間、日本共産党の山形県議を務め自治功労と永年勤続の表彰を受けた八七年に藤沢さんは、原稿用紙三枚の祝辞（本書所収）を送っている。

教師を辞めてから三六年後に書かれたこの文章から、二つのことが読み取れる。ひとつは、友人への変わらない人情だ。それは、政治的信条を超えて、推薦談話をだすことになる。

もうひとつは、若き日に結核のため断念せざるをえなかった教師の道への無念さだ。一九七四年（昭和四九年）一〇月、友人・小野寺茂三氏あての手紙に、「教師は労働者」だと多忙さが肉体労働に等しいと訴えている。一九八八年に書かれたエッセイの中でも、教師の「無償の情熱」についてこう語っている。「教師とは、どのような形であれ、生徒の心と身体をはぐくむという運命からのがれられない職業なのだろう。そこには、教師という職業の、ほかの職業とは異なる聖なる部分があるように思われる」。そこには、日本共産党の教育政策とまったく一致する考えがあった。メッセージが書かれた翌年、私は藤沢宅を訪ねたことになる。この祝辞を小竹さんから見せていただき、「文は人なり」、涙を流した。さみしさが惻々《そくそく》として私の胸を打つのだった。

一九九六年の年賀状では、「(訪問の) ご希望も、ずっと先にのばしてもらわねばなりません」とあって、春の入院、そして九月下旬に再入院となった。「良くなって出しますよ、と医者もいっていた」(和子夫人) が、肝臓の病が悪化して、三カ月後の九七年一月二六日逝去、無言の帰宅となった。

代々幡斎場では、孫の浩平 (三歳) が周平さんの大きな遺影のまえで、いつものように元気で無邪気だった。「文学のために家族や生活を犠牲にするなどというのは耐えられないこと」(「とっておき十話」五話) と語る藤沢さんは、とても家族を大切にした。「朝日賞」(一九九三年度) の贈呈式で、「私は二五年前のきょう、今の家内と結婚しました。作家の家庭は雑用が多く、私は粗大ゴミのような横着者で家内は苦労しました。この (結婚記念日に受賞) 偶然の一致は栄誉を半分くらい家内に分けよ、ということと考えています」(一九九四年一月) と語っている。そして、ひとりっ子の展子《のぶこ》さんと孫をかわいがった。

野辺の送りをした日、帰った私の机の前には、自作の俳句をしたためていただいた「軒を出て　犬　寒月に　照らされる　藤沢周平」の色紙と、ありし日の優しい表情をした周平さんの写真があった。

政治と政党の関わり

藤沢さんは、一九七三年ころから「赤旗」日刊紙に随想「時代小説と私」、「史実と想像力」、「ことばの味」といった、小説づくりや身辺についての短い文章を書いていた。

赤旗記者となって私が、「赤旗」紙上で「作家・藤沢周平」の名前を見て驚いたのは、一九七六年一一月の総選挙に寄せた「日本共産党・革新共同の躍進を期待します」の談話だった。内容は——。

あるべき政治に思いを込めて

「私は政治も政党も深く知らない人間である。だが今度共産党から立候補する予定の友人を、長い間見てきて、政治とはこういうもので、政党とはこういう人間の集まりであるべきではないかと思うことがあった。／人は、万策つきたと感じたとき、あと頼るのは政治しかないと思うことがある。たしかに橋も道路も人間には必要だろうが、そういうもの以前の、もっとぎりぎりの立場で、いま現在のようでない政治に救いをもとめることが人間にはある。／私が言う友人は、いつもこのぎりぎりの人間の願いをくみあげようとしてきたように見える。彼の当選と、彼のような人間が所属する党の躍進を、今度の選挙では期待する。」

それは、唐突でもあった。同時に、藤沢さんが国政選挙にかかわって公然と談話を出した唯一のものだった。

談話にある「友人」とは、山形県議を辞して、総選挙に山形二区から立候補した小竹輝弥さんを指す。二人は山形師範（現・山形大学教育学部）の同期生。学生寮「北辰寮」で同じ釜の飯を食い、自宅も隣村同士、学校のある山形市からの帰りに鶴岡駅から約四キロをよく、いっしょに歩き、藤沢さんは文学について、小竹さんは政治について語り合ったという。以来、郷里の人として付き合いを続けていた。

当時、小中学校校長会主催の講演のために鶴岡を訪れていた藤沢さんは、この選挙で、小竹候補の演説会に長靴姿で現れ、〈生まれて初めて〉応援演説をした。後日談を地元誌（『月刊グラフ山形』一九七七年二月、連載随想「周平独言」⑥）に「雪のある風景」と題して書いている（本書所収）。

この当時（一九七六年）、藤沢さんは、「暗殺の年輪」で第六十九回上半期直木賞を受賞（一九七三年）して、プロ作家の道に踏み出し、「用心棒日月抄」「春秋山伏記」などをつぎつぎに雑誌に発表し、文壇のなかで注目される書き手だった。そんな時のきわめて政治的談話そして快挙ともいえる行動を、なぜ、おこなったかは、興味ある出来事だった。人間としての結び付き、信頼関係は、時としてその人に「勇気」を与え、一歩、前に踏み出すことがあるのかも知れない。

●気品ある文章の根底にあるもの

四〇代半ばの遅い出発だった藤沢さんだが、作家生活二六年で書かれた小説は、史伝もの、お家騒動ものもあるが、「用心棒日月抄」「蟬しぐれ」などの軽輩の武士を描いたものや「橋ものがたり」「本所しぐれ町物語」など江戸の市井の人々の哀歓・人情をきめ細かにつづったものが多い。

人間の弱さに温かいまなざしを送る作風が、端正で気品あふれる文章と小説の巧みさと相まって、幅広い読者から支持された。その作業は、職人が材料を選び、こつこつと仕上げるようでもあり、百姓が種をまき、育て、実りを刈り取るのと似て、「一作一作が真剣勝負だったなあ。それがプロの物書きの楽しみであり、苦しみでもあるんです」と藤沢さんは、私に語っていた。

病気療養、四つの小さな業界紙記者、先妻との永訣《えいけつ》など苦労と挫折のなかで培われた、「人間の本質はどんな時代にも変わらない」との洞察力、人間にたいする信頼、社会変革への希望――こうした藤沢さんの思想と人柄をぬきにしては、作品を語れない、と思う。

又八郎と二〇年

一九九一年九月、「赤旗」日曜版の「著者訪問」欄（一〇月六日号）のために、『凶刃　用心棒日月抄』（新潮社）が刊行された機会に、自宅を訪れ、インタヴューした。その文章を転載する。

●年相応

畑や雑木林が散在し、武蔵野の面影を残す東京・練馬区の自宅でお話をうかがいました。

一〇年前、「江戸の用心棒」という連続ドラマが放映されましたが、その原作が『用心棒日月抄』。そのシリーズ第四作が『凶刃　用心棒日月抄』です。

主人公・青江又八郎が、誌上で読者の前に姿をあらわしたのは一九七六年。第一作で二六歳の青年は、第四作では四〇代半ばの中年となって登場してきます。俊敏な身のこなしは影をひそめ、腹も少々でて年相応の充実と老いも――。

「又八郎に二〇年つきあって完成してしまいました。こういうシリーズでは、登場人物に愛情が出てきます。もっと先、どうなるかを見届けたいと。本来のシリーズものは年齢がかわらないのが普通ですが、私の場合、人間は歳月とともに変化していくものとしてえがきたいと思っています」

北国の小藩の中級家臣が故あって出奔、脱藩して江戸へ。刺客との死闘、隠密組織ともかかわって、浪人又八郎が活躍します。

現代でいえば、地方から東京に出てきた季節労働者や単身赴任のサラリーマンの姿ともダブって見えてきます。

「話の筋だけでなく、主人公をとりまく口入れ屋や浪人仲間、裏店の人たちが悩んだり、喜んだりするところを丁寧に書きます。浪人・細谷源太夫のようなわき役の行く末も見届けなければなりませんでした」

●転機の作物

「用心棒シリーズ」(『用心棒日月抄』『孤剣』『刺客』『凶刃』)は時代小説を読む楽しみを与えてくれる作品群です。

藤沢さんは小説を書きはじめたころ、〝鬱屈《うっくつ》した気持ち〟をはき出すような暗い色合いのものばかり書いていました。結末もハッピー・エンドにはなりませんでした。そんな折、『用心棒日月抄』は、読ませることを意識した作家としての〝転機〟となった作品。

「転機の作物といわれるゆえんですが、時代小説のおもしろさは、まじめなものも、娯楽的なものも書けるところにあります。『用心棒』シリーズは娯楽もの、私が書くものにはじめてユーモアが入ってきた作品でしょう」

たしかに、事件を解決するドラマは捕物帳的であり、刺客小説のもつ緊迫感もあって、肩のこらない読み物といえます。

冒険を

時代物ブームといわれます。時代小説がベストセラーになり、テレビの時代劇番組も活況を呈しています。また現代小説で一家をなしている作家が時代小説を書いています。

「まだ手放しでは喜べませんね。書き手の層がうすいんです。少し心配なところです。時代小説はもともと勉強して書くものではありません。私の子どものころは、胸おどらせる読み物や映画が身近にあって、その記憶が時代小説を書く衝動を呼びおこしました。でも、いまは、それが消えて、テレビ、アニメでしょう。チャンバラごっこもなくなりました。新しい書き手が生まれる社会的な背景がますます薄れています」

「選考で最終段階まで時代小説が残るとうれしいですね。若い人は、時代考証とか風俗、習慣、言葉づかいなどのむずかしさから時代小説を書かないんでしょう。でも、そういうものは全然気にすることはありませんから、どんどん冒険しておもしろい話を書いてみなさいといいたい」

あたたかい励ましを忘れません。

新聞の連載小説はこの五年ほどやっていません。三カ月に一作のペースで雑誌に長尺のものを掲載。不安な体をだましだましの仕事ぶりです。

来年には、『全集』の刊行が予定されています。藤沢ファンの期待はふくらみます。

無名の人びとへの思い込め

藤沢さんは、月刊誌での作家・城山三郎との対談のなかで、「敗戦であれほど熱狂していた忠君愛国の価値観が否定されて以後、私はめったに熱狂するということがなくなりました。特に集団の熱狂に敏感になった。うさんくさいという気持が先立つんですね。戦争の後遺症ということで言えば、『日の丸』『君が代』の特に『君が代』にいまもって引っかかるものがあります。みんなで歌う場合、一応立つんですが、どうしても声が出てこない。やはりあの歌詞に拘《こだわ》りがある」(『オール讀物』一九九二年八月号)と語っている。また、鶴岡中学校（夜間部）のころ、「予科練の（クラス）全員志願はそんな状況の中で行なわれたのだが、私がいまだに後悔するのはそのときに国を憂うる正義派ぶって級友たちをアジったことである」(『全集』第七巻　月報、一九九三年一〇月)と書いている。

自叙伝『半生の記』が出版されて、九四年一二月、日刊「赤旗」読書欄の「本と人と」のインタヴューのため、お会いした。藤沢さんの初期の時代小説「闇の梯子《はしご》」には、大病の妻の薬代を稼ぐために、ご禁制の版木を彫る彫師が出てくる。家に帰ると暗がりのなかで妻がうずくまっている、という場面がある。これは、半ば自分の体験をつづった私小説の世界だ——と秘話を語ってくれた。

「もちろん小説ですからさまざまのデフォルメ(変形)の工夫がされていて、事実そのものではありませんが、こんな書き方ができるのも時代小説の奥の深さでしょうか」と。

小さな業界紙の記者をしていて、長女を出産した妻・悦子さん(二八歳)をがんで亡くし、「自分の人生も一緒に終わったように感じ」、生き方に転機がおとずれる。「それまでも私は文学とか小説とかをごく身近なものと考えながら暮らしていましたが、その気持ちを小説に書くほうに最後にひと押ししたのは、そのときの不幸だったと思います」(「赤旗」一九九四年一二月二六日付)。

残された乳児のために、郷里から母・たきゑさんを呼び、新しい生活をはじめる。「しかし胸の内にある人の世の不公平に対する憤怒、妻の命を救えなかった無念の気持は、どこかに吐き出さねばならないものだった」(『半生の記』)。そして、小説を書き、懸賞小説に応募。一九六九年には和子さんと再婚した。一九七一年、小説「溟《くら》い海」がオール讀物新人賞を受けたとき、「私はなぜか悲運な先妻悦子にささやかな贈り物が出来たようにも感じたのだった」(同)。

小説『三屋清左衛門残日録』のなかで、中風で倒れた旧友が歩行訓練を始めたのをみて、主人公・清左衛門が胸の高鳴りをおぼえる場面が最後にある。「人間はそうあるべきなのだろう。衰えて死がおとずれるそのときは、おのれをそれまで生かしめたすべてのものに感謝をささげて生を終えればよい。しかしいよいよ死ぬるそのときまでは、人間はあたえられた命をいとおしみ、力を尽して生き抜かねばならぬ、そのことを平八に教えてもらったと清左衛門は思った」。老いの闇に分け入り、美も醜も見すえ、わずかな光であっても見いだしていきたい——五三歳くらいの清左衛門のそんな心境は、還暦をすぎた藤沢さん自身のものだったのかもしれない。

遺作『漆の実のみのる国』を読む

未完の遺作となった「漆《うるし》の実のみのる国」について私は、「赤旗」日曜版(一九九七年七月二〇日号)に一文を書いたので、転載する。

作家それぞれがもつ人間観察の目、歴史観を知ることは、その作品世界をゆく上で欠くことができません。

●貧窮の米沢藩

さる一月、亡くなった作家・藤沢周平さんの長編小説『漆の実のみのる国』が出版されました。郷土・山形の米沢藩を舞台に、九代藩主になった上杉治憲（のち鷹山）と執政たちの藩政改革のみちのりを描いた「史論」です。

貧窮のどん底にあえぐ同藩は、米生産では多額の借財をかかえた財政の立ち直りがきかず、商品作物の漆、桑、楮《こうぞ》を百万本ずつ植樹し、一〇年後に実質五万石の国にする計画をたてる。が、相次ぐ飢饉《ききん》、幕府命の国役のなか悪戦苦闘し、〝豊じょうの夢〟は……。

藤沢さんは、「世に言う鷹山名君説はどうも少し違うんじゃないかと思う。かなり美化されている。そういうものをいっぺん取りはらって、出来る限りありのままの鷹山公を書いてみたい」とその動機を語っていました。

『文藝春秋』一九九三年一月号から連載は開始され、一九九六年四月まで三七回書かれたところで、作者の病重く休載、未完となりました。

掉尾の六枚

ところが、昨年（一九九六年）七月に一時退院した時、結末部分を原稿用紙六枚に書き上げたのです。

この原稿、いつもの二階、書斎ではなく、妻・和子さんが炊事する傍らの一階、食卓で書き、「これでいい」と告げたといいます。病む体をおしての掉尾《ちょうび》の文章。遺作となりました。

時代小説の名手といわれた藤沢さんのもう一つの系譜、歴史小説の着地点となったこの小説。苛斂誅求《かれんちゅうきゅう》の年貢に苦しむ農民、やせ細る収入で困窮する家臣たちの生活が数字できっちりと表され、貴重な記録性もそなえて展開されています。

英雄ぎらい

庄内の米どころ（鶴岡市）の農家に生まれ、農作業を大切なものとして育った藤沢さんは、武士や商人を描いても、そこには生活者としての農民（庶民）の顔をのぞかせていたといえます。

そして、「歴史に名をとどめたひとなどというものはほんのひと握り、その背後には、名を残さずに埋もれた無数の人びとがいたのが歴史の真実」（一九八一年一〇月六日付「毎日」夕刊）とみて、英雄、豪傑ぎらいを通したのはつとに知られます。

●含羞の人

一九九三年一〇月、米沢市で講演した藤沢さんは、「百年の後に実を結ぶような手を打てない政治家というのはあまり上等ではないわけで、鷹山公はその点やはり大名君だったろうと思います」と静かに語っています。

その真意は、「たとえ先行き不透明だろうと、人物払底だろうと、われわれは、民意を汲むことにつとめ、無力な者を虐《しいた》げたりしない、われわれよりは少し賢い政府、指導者の舵《かじ》取りで暮らしたいものである。」（『文藝春秋』一九九二年九月号）という、えん曲な、現在のご政道批判にあったと私はみます。

含羞《がんしゅう》の人らしい作品です。

作品の女性像にみるやさしさ

●自然と人間のなかでつちかわれ

一九二七年、山形県鶴岡市の郊外で生まれ、育った藤沢さんは、その作品の多くに庄内地方の自然と、昔ながらの農家のすがすがしい営みをよく描いている。

そこに藤沢文学の原風景があり、「やっぱり育った土地っていうものは人間形成に抜き差しならない影響を残すもの」と語っている。

本好きの藤沢少年は、姉が持っていた藤村や晩翠《ばんすい》、ブッセなどの詩集を愛読した。一方では田植えや稲の取り入れなどの百姓仕事を手伝い、「そういう人たちを子どものころからみて、偉いもんだなあと感じ入」っている。

藤沢さんの母・たきゑさんは、「当時の農家の主婦としては珍しく、読み書きのできる人でした。私が小学校のころは、習字の手本を自分で書いて、私たち子どもらに習わせましたね。それから、学校というものをひじょうに尊敬していました。……おかげで、私は小学校の六年間を無欠席で通しました」「怒った母にいきなり横だきにされて納屋におし込まれたことがあります。よほど悪いことをしたらしい。納屋はうす暗く、錠のかかった戸は、押してもたたいてもびくともしません。……しつけのきびしい半面、母には他人の話を聞きながら一緒に泣いたりする情にもろいところがありました」

山形師範を卒業し、郷里の湯田川中学校の教師になる。しかし、肺結核が見つかり、休職。手術のため東京に出る。足掛け五年の療養生活に終始符を打ったとき、三〇歳になっていた。教職には戻ることができず、そのまま業界紙の記者になる。教え子・悦子さんと結婚し長女が生まれて〝小さく自足〟。その喜びもつかの間、八カ月後、悦子さんを進行性のがんで亡くしてしまう。一九六三年のことだった。

そして、「私は最初の妻を亡くしたことで、人間のどん底を見ちゃったんですね。これからとても、普通の顔をしては暮らしていけないという気持ちになった。何か吐き出さないとね」と小説を書く動機を語っている。

そういう胸もつぶれるような光景と時間を共有した藤沢さんは、耐えて、そこからはい上がって、〝人間を書く〟という小説の世界を広げていった。

純情そして強さ

藤沢文学の魅力は、英雄豪傑を嫌い、市井《しせい》に生きる庶民、武士でも軽輩のもの、家督を譲った老人といった、社会的な弱者の目線で描かれ、しっかりした〝心理描写〟をもりこんでいることだ。

「時代ものの小説を書いていると、とかく筆が江戸期にむかい、またその時代を小説にするのが一番面白いように思われる」（短編集『時雨のあと』あとがき、一九七六年七月）

つまり、現代とつながった近々百年ほど前の時代に生きた人々に手探り可能な「親近感」をおぼえ、作中の人物に作者の感情を移入しているという。

雑誌のインタヴューで、藤沢さんは「好きなタイプの女性」と問われて、「現実ではいいにくい」と笑いながらこう答えている。

「小説の中だと、ただ可愛いだけじゃなくて、何か悪女の純情みたいのが好きなんです。したたかな女が見せる一瞬の純情みたいなね。そういうものが好きで、書きたくなります。わたしは男より女の方が強いと思うんですよ。男なんか太刀打ちできないものを持っているんじゃないかと思う。…でも、強い女なんだけれども、やっぱりどこか抜けていたり、可愛いところがある、そういうのがほんとの女性の姿じゃないかと思いますね」（『オール読物』――「特集・藤沢周平の世界」一九九二年一月号）

「暗殺の年輪」のお葉、「橋ものがたり」のおすみ、「用心棒日月抄」の佐知と由亀、「泣くな、けい」のけい、「獄医立花登手控え」の美佐、「海鳴り」のおこう、「本所しぐれ町物語」のおきち、「三屋清左衛門残日録」のみさ、「蟬しぐれ」のおふく、「玄鳥」の路、などなど。

登場する女性が、たゆまず家の仕事をこなし、みんなけなげに生きている。自分の中に己をもち、清楚《せいそ》に。でも、たくさんの不幸を背負い、時にはやけっぱちになったり、少々の悪さをするけれども、許せる。そんな日常の世界が、読む側に爽快《そうかい》感と安ど感を与えている。

「蟬しぐれ」の最後、二十余年ぶりの一度限りの再会でのおふくの科白《せりふ》、「文四郎さんの御子が私の子で、私の子供が文四郎さんの御子であるような道はなかったのでしょうか」は、忘れられない。

時代小説の枠を借りて、時間という緩衝帯をくぐらせて、現代の社会・政治のあり様を、デフォルメ（変形）させて描き出した。藩上層部の派閥争い、過酷な納税に苦しむ農民、借金のために身売りする娘など、いまも形をかえて展開される世相。その現代への〝物言い〟が作品では、さりげなく顔を出している。代償を求めない「やさしさ」「温かさ」に出会った時、人間は明日への希望がわいてくる。

「鍬をかついだ母が前を行き、そのうしろからついて行きながら、私はわあわあ泣いている。野道は家がある村はずれまでまっすぐのびていて、行手に日が沈むところだった。見わたすかぎり、野に金色の光が満ちていた。光は正面から来て、その中で母の姿が黒く

動いていた」（エッセイ集『周平独言』――「母の顔」）

五歳ころの藤沢さんのお母さんの記憶だ。この文章に、藤沢文学の原点とやさしさの源流をみる思いだ。

魅力の原風景――詩人の眼

藤沢文学が多くの読者を獲得して、作品が読み継がれている源流を探って終わりとしたい。

その第一は、故郷・庄内へのこだわりだ。藤沢さんが「四〇年以上、東京に住んでいながら顔はいつも山形のほうを向いています」「私のエッセイ集には、書いた本人も気がひけるほど生まれそだった田舎の話がひんぱんに出てくる。…私が田舎のことを書くのは、大方はそれが小説家としての私の存在理由と切りはなせないものとなっているためだ」というところだ。

第二は鬱屈した日々からの作家の誕生である。病気、教職の諦め、棄郷の青春からの一つの選択として作家の道があった。

「やりたいものがあるからなんて、そんな立派なものではなく、このままで人生が終るわけにはいかない、そんな気持ちがあったですね。悲しい思いをした人はね、自分の胸の内にしまっておけないものがある。それを抱えたまま死ねない。そういう切実なもの、やむにやまれぬものがあって人は小説を書くのだと思います」（一九九二年七月一五日付、「読売」夕刊）

では、なぜ、時代小説というスタイルをとったか。

「一つは体力的な問題ですね。純文学を書いたら、本当に一年ともたないからね」という。さらに、小説と自分との間に距離をおき、私小説を避けたかった。「昔は小説のためなら、家族を犠牲にしてもいいという無頼の作家が多かったけど、私はそういうものは嫌いでね。人に迷惑をかけるぐらいなら小説書かないほうがいいと思うくらいなんですね」と私に語っている。

また、時代小説を選んだルーツをこう語っていた。

「子どものころ、月の明るい晩が秋になるとあるんですよ。寒くもなく暑くもなくね。そんな日にふろしきで覆面して、棒を帯にさして外に出るんですよ。すると、向こうから隣の家の子も出てくる。それで二人でチャンバラして、家には帰らないんですよ。そんな時代が今につながっているようにも思えます」（前出「読売」夕刊）

藤沢文学の魅力の源泉は、もう一つ、「楽しさ」と「深い感情」にあったのではないかと思う。時代小説の娯楽性と人間の心の動きの急所を鮮かにとらえた描写を含む文学性の見事な統一にあった。そこには、小説としての面白さ、ストーリー展開の巧みさ、共感できる人間ドラマがあった。

「ストーリーの面白い時代小説家はほかにいる。しかし、詩人の目を持ち、複眼的な発想で物事を多面的にとらえられる作家は藤沢さんだけ」と解説する松田静子さん（元高校教諭）の見方に私も同意する。

私は、あと三年で、藤沢周平さんの死去した年齢になる。

■藤沢周平略年譜

一九二七（昭和二）年

一二月二六日、山形県東田川郡黄金村大字高坂字楯ノ下一〇三（現・鶴岡市高坂）に父小菅繁蔵（三八歳）、母たきゑ（三三歳）の次男として生まれる。本名小菅留治。長姉繁美（一一歳）、次姉このゑ（一〇歳）、長兄久治（七歳）あり。のちに妹てつ子、弟繁治生まれる。

一九三四（昭和九）年　七歳

四月、青龍寺尋常高等小学校（昭和一六年、黄金村国民学校と改称、現・黄金小学校）に入学。

一九三八（昭和一三）年　一一歳

五年生、担任は宮崎東龍。このころ吃音に悩む。

一九三九（昭和一四）年　一二歳

六年生。担任は引き続き宮崎東龍。

一九四〇（昭和一五）年　一三歳
三月、青龍寺尋常高等小学校尋常科卒業。四月、同校高等科に進む。

一九四一（昭和一六）年　一四歳
四月、高等科二年、担任は佐藤喜治郎。秋、兄久治、教育召集で山形市霞ヶ城址にある陸軍歩兵第三二聯隊に入隊、翌年春、帰宅。

一九四二（昭和一七）年　一五歳
三月、黄金村国民学校高等科卒業。四月、山形県立鶴岡中学校（現・山形県立鶴岡南高等学校）夜間部入学。昼は鶴岡印刷で働く。

一九四三（昭和一八）年　一六歳
春、鶴岡印刷をやめて、黄金村役場の税務課書記補として働く。九月、兄久治、再召集で北支へ。

一九四五（昭和二〇）年　一八歳
八月一五日、終戦のラジオ放送を黄金村役場の控え室で聞く。

一九四六（昭和二一）年　一九歳
三月、鶴岡中学校夜間部卒業。五月、兄久治、中国より復員。
山形師範学校入学。北辰寮北寮二階に入寮、六人部屋（一六畳）。

同人雑誌「砕氷船」に参加。最初は自筆原稿の回覧。ポーの評伝を発表。
夏、帰省した伯母に同行して千葉の伯母の家に行き滞在。その間、従姉に連れられて初めて上京、浅草見物。

一九四七（昭和二二）年　二〇歳

秋、寮を出て、三人で真宗大谷派善龍寺に下宿。

一九四八（昭和二三）年　二一歳

四月、三年に進級、須見方に下宿。暮れ、山形市宮町の長谷川方に下宿を移る。

一九四九（昭和二四）年　二二歳

三月、山形師範学校卒業。
四月、山形県西田川郡湯田川村立湯田川中学校へ赴任。二年B組（生徒数二五人）を担任、同時に二年A組も教える。担任科目は、国語と社会。九月、教員異動にともない、一年生（五五人）の担任を命ぜられる。

一九五〇（昭和二五）年　二三歳

一月、父繁蔵、死去、六一歳。

一九五一（昭和二六）年　二四歳

二月、同人雑誌「プレリュウド」第二号を発行。詩「みちしるべ」を発表。
三月、学校の集団検診で肺結核が発見され、新学期から休職。鶴岡市三日町（現昭和町）の中目《なかのめ》医院へ入院。半年後、退院して自宅で通院療養をつづける。

一九五三（昭和二八）年　二六歳

二月、中目医師の奨めで、兄久治に付き添われて上京、東京都北多摩郡東村山町（現東村山市）の篠田病院・林間荘に入院。俳句同好会に参加。三カ月後、静岡の俳誌「海坂」への投句を奨められ、投句。俳号は最初小菅留次、のち北邨と名乗る。
六月、東村山町保生園病院で手術を受ける。右肺上葉切除のあと、さらに二回の補足成形手術を行ない、肋骨五本を切除。
一〇月、篠田病院に帰る。

一九五四（昭和二九）年　二七歳

手術の予後が悪く、二人部屋の生活が長くつづく。

一九五五（昭和三〇）年　二八歳

三月、病院内に詩の会「波紋」が旗揚げされ、同人に加わる。

一九五六（昭和三一）年　二九歳

五月、「波紋」選集第一号を発行。この時期に、患者自治会の文化祭に戯曲「失われた首飾り」を書き、自治会文化部の文芸サークル誌「ともしび」にも寄稿する。

一九五七（昭和三二）年　三〇歳

病院敷地内の外気舎（独立作業病舎）に移り、退院準備に入る。この年、ときどき帰郷して就職先を探す。

七月、自治会の機関紙「黄塵」の編集責任者になる。

八月、この月一カ月間、病院内の新聞配達のアルバイトをする。

一〇月、友人の紹介で、業界新聞社に就職が決まる。

一一月、篠田病院・林間荘を退院。東京都練馬区貫井町に間借りし、就職先の新聞社に通勤をはじめる。その後、二年ほどの間に、一、二の業界新聞社を転々、生活は不安定。

一九五九（昭和三四）年　三二歳

八月、山形県鶴岡市大字藤沢（現・鶴岡市藤沢）、三浦巌、ハマ三女悦子と結婚。

一九六〇（昭和三五）年　三三歳

日本食品経済社に入社。「日本加工食品新聞」の編集に携わる。生活ようやく安定。

一九六一（昭和三六）年　三四歳
一一月、長男展夫、死産。

一九六二（昭和三七）年　三五歳
この頃より「藤沢周平」というペンネームを使い、「読切劇場」「忍者読切小説」「忍者小説集」に作品を発表するようになる（確認されているのは一五篇）。

一九六三（昭和三八）年　三六歳
読売新聞が毎月募集していた読売短編小説賞に本名で応募。一月、「赤い夕日」が選外佳作となる。
二月、長女展子生まれる。
一〇月、妻悦子、昭和医科大学病院で死去、二八歳。

一九六四（昭和三九）年　三七歳
オール讀物新人賞に投稿をはじめる。

一九六五（昭和四〇）年　三八歳
オール讀物新人賞に投稿を続け、第二六回に「北斎戯画」が最終候補作となるが受賞にはいたらず、第二七回に「蒿里曲」が第二次予選まで通過。

一九六六（昭和四一）年　三九歳
オール讀物新人賞に「赤い月」が第三次予選まで通過。

一九六九（昭和四四）年　四二歳
一月、江戸川区小岩、高澤庄太郎、ヱイ長女和子と再婚。

一九七〇（昭和四五）年　四三歳
二月、妹てつ子死去、四〇歳。

一九七一（昭和四六）年　四四歳
四月、「溟《くら》い海」が第三八回オール讀物新人賞を受賞。
六月、「溟い海」が第六五回直木賞候補となる。
七月、第六五回直木賞は受賞作ナシと決定。
九月、新人賞受賞第一作として「囮」を発表。
一二月、「囮」が第六六回直木賞候補となる。

一九七二（昭和四七）年　四五歳
一月、第六六回直木賞は受賞作ナシと決定。「賽子無宿」「帰郷」「黒い縄」を発表。
一二月、「黒い縄」が第六八回直木賞候補となる。

一九七三（昭和四八）年　四六歳
一月、第六八回直木賞は受賞作ナシと決定。
三月、「暗殺の年輪」を「オール讀物」三月号に発表。
七月、「暗殺の年輪」が第六九回直木賞選考会で、長部日出雄と同時受賞と決定。
九月、最初の作品集『暗殺の年輪』を刊行。
一〇月、鶴岡市へ帰郷、湯田川中学校などで講演。

一九七四（昭和四九）年　四七歳
五月、米沢市へ取材旅行。
八月、母たきゑ死去、八〇歳。
一一月、日本食品経済社を退社。
同月、丸谷才一、田辺聖子と鶴岡市主催の講演会で講演。

一九七五（昭和五〇）年　四八歳
六月、「歌麿おんな絵暦」連載開始（単行本化で『喜多川歌麿女絵草紙』と改題）。「神谷玄次郎捕物控」連載開始（単行本化で『出会い茶屋』と改題）。

八月、「義民が駆ける」連載開始。

同月、母の一周忌のため、一週間、鶴岡市へ帰郷。

一二月、講演のため、山形県川西町へ行く。

一九七六（昭和五一）年　四九歳

一月、「一茶」取材のため、長野県信濃町柏原へ旅行。

三月、「橋ものがたり」連載開始。

五月、「一茶」取材のため、再び柏原へ。

九月、「用心棒日月抄」連載開始。

同月、「春秋山伏記」取材のため、鶴岡市へ、湯田川温泉泊。

一〇月、「隠し剣シリーズ」連載開始（単行本化で『隠し剣孤影抄』『隠し剣秋風抄』と改題）。

一一月、東京都練馬区大泉学園町に転居。

同月、鶴岡市へ帰り、遊佐町吹浦、鶴岡市由良の二会場で行なわれた小中学校校長会で講演。このあと、衆院選山形二区から立候補した小竹輝弥の演説会で話す。

一二月、オール讀物新人賞選考委員となる。

一九七七（昭和五二）年　五〇歳

一月、「春秋山伏記」連載開始。

二月、「回天の門」連載開始。「一茶」連載開始。

五月、仙台市へ講演旅行。その帰途、はじめて陸羽東線に乗り、鶴岡へ帰郷。

一二月初め、川西町小松で講演（教職員研修・演題「雲井龍雄と清河八郎の二人を通して見た東北の明治維新」）。

一九七八（昭和五三）年　五一歳

一月、「呼びかける女」連載開始（「赤旗」日曜版一月一日号〜一〇月一五日号。単行本化で『消えた女』と改題）。

八月、「闇の傀儡師」連載開始。

一〇月、「孤剣」連載開始。

同月、鶴岡市へ帰り、母校黄金小学校で講演。

一一月、「闇の傀儡師」取材のため、山梨県甲府市、韮崎市へ取材旅行。実相寺、万休院、海岸寺などを見る。

一九七九（昭和五四）年　五二歳

一月、「獄医立花登手控え・春秋の檻」連載開始。

三月、首都圏に住む教え子との懇談会、第一回泉話会を東京・池袋の割烹料亭「はりまや」で開く。以後、年一回開催。

一〇月、山形師範卒業三〇周年の祝賀行事に出席。

一九八〇（昭和五五）年　五三歳

四月、「獄医立花登手控え・風雪の檻」連載開始。

四月、六月、八月、「密謀」取材のため、新潟県、福島県、山形県へ旅行。

九月、「密謀」連載開始。

一〇月、「よろずや平四郎活人剣」連載開始。

同月、山形市で井上ひさしと文化講演会。

一九八一（昭和五六）年　五四歳

一月、「獄医立花登手控え・愛憎の檻」連載開始。

同月、「漆黒の霧の中で」連載開始。

三月、「江戸おんな絵姿十二景」連載開始。

四月、「密謀」執筆のため、京都府、彦根市、関ヶ原などへ単独で約一週間の取材旅行。

一一月、「刺客」連載開始。

一九八二（昭和五七）年　五五歳

三月、「白き瓶」取材のため、茨城県石下町（現常総市）国生の長塚節生家、光照寺、鬼怒川などを訪れる。

四月、「獄医立花登手控え・人間の檻」連載開始。

五月、「海鳴り」取材のため、埼玉県小川町へ紙漉きの作業を見に行く。このころから自律神経失調症に悩み、妻和子が取材に同行する。

七月、「海鳴り」連載開始。

八月、鶴岡市へ一週間の帰郷。湯田川中学校の教え子たちの卒業三〇周年の会に出席。

一一月、「白き瓶」取材のため、再度石下町に行く。

一九八三（昭和五八）年　五六歳

一月、「白き瓶」連載開始。

四月、「白き瓶」取材のため、福岡県太宰府、宮崎市青島などを訪れる。

一〇月、「風の果て」連載開始。

一九八四（昭和五九）年　五七歳

八月、「ささやく河」連載開始。

一〇月、慢性肝炎が発症して、港区赤坂、永沢クリニックに通院が始まる。

同月、「師弟剣」執筆のため、茨城県鹿島町（現鹿嶋市）、江戸崎町（現稲敷市）へ取材旅行。

一九八五（昭和六〇）年　五八歳

一月、「本所しぐれ町物語」連載開始。

七月、「三屋清左衛門残日録」連載開始。

一一月、刊行された『白き瓶』を携えて、茨城県石下町国生の長塚節の生家を訪問。

一二月、直木三十五賞選考委員に就任。

一九八六（昭和六一）年　五九歳

四月、石川啄木展（東京・吉祥寺）を訪れる。

同月、『白き瓶』により、吉川英治文学賞を受賞。

六月、九年半つとめたオール讀物新人賞選考委員を辞任。

同月、「蟬しぐれ」連載開始。

九月、「市塵」連載開始。

一〇月、丸谷才一と鶴岡市主催の講演会で講演。ついで、青森旅行に出発。五能線に乗り、青森県金木町（現五所川原市）の斜陽館（太宰治生家）に泊まる。翌日は中世・安東氏の繁栄した十三湊跡といわれる十三湖を見て帰京。

一九八七（昭和六二）年　六〇歳

二月、山形師範友人を代表して、小竹輝弥に「自治功労・永年勤続議員」表彰の祝辞を送る。

一〇月、岩手旅行。盛岡から渋民へ向かい、石川啄木の生家・常光寺、石川啄木記念館などを見る。翌日、盛岡城跡、原敬記念館、花巻の宮澤賢治記念館、羅須地人協会などを見て花巻温泉泊。翌々日、高村光太郎山荘を見て平泉へ。中尊寺、毛越寺を見て帰京。

一二月、家族と還暦を祝う。

一九八八（昭和六三）年　六一歳

二月、長女展子、遠藤正と結婚。

四月、山本周五郎賞選考委員に就任。

一九八九（平成元）年　六二歳

三月、「凶刃」連載開始（「小説新潮」三月号〜平成三年五月号、断続連載）。

一〇月、小名木川の水上バスを利用して、江東区深川を取材。深川江戸資料館、富岡八幡宮などを訪ねる。

同月、如松同窓会東京支部主催のセミナーで「高村光太郎と斎藤茂吉」と題する講演。

一一月、菊池寛賞を受賞。

一九九〇（平成二）年　六三歳

一月、『市塵』により、第四〇回芸術選奨文部大臣賞を受賞。

四月、「わが思い出の山形」連載開始。

五月、「赤旗」日曜版の「『とっておき十話』藤沢周平」の連載開始。

一二月、「秘太刀馬の骨」連載開始。

一九九一（平成三）年　六四歳

五月、第四回山本賞選考会に出席。山本賞はこの回で任期を満了、選考委員を辞任。

一九九二（平成四）年　六五歳

六月、文藝春秋より『藤沢周平全集』全二三巻の刊行始まる（九四年完結）。月報に自伝的エッセイ「半生の記」を連載。

八月、第四回朝日新人文学賞選考会に出席。この回をもって朝日新人文学賞選考委員を辞任。

九月、次姉この恵死去（七五歳）。帰郷して葬儀に出席する。

一九九三（平成五）年　六六歳
一月、「漆の実のみのる国」連載開始。

五月、松本清張賞選考委員に就任。

一〇月、鶴岡市へ帰郷。墓参ののち、「漆の実のみのる国」の取材のため米沢市へ。白子神社、春日神社、「籍田《せきでん》の碑」、漆の木などを見て白布高湯温泉泊。

一一月、初孫浩平誕生。

一九九四（平成六）年　六七歳
一月、九三年度朝日賞を受賞。一月二六日銀婚式を祝う。

二月、第一〇回東京都文化賞を受賞。

六月、東京宝塚劇場で宝塚星組公演「若き日の唄は忘れじ」を妻和子と観劇（原作「蟬しぐれ」）。

一〇月、墓参のため、妻和子、長女展子一家と鶴岡市へ帰郷。

一九九五（平成七）年　六八歳
一月、第一一二回直木賞選考会に出席。直木賞選考会出席はこれが最後となる。
五月、松本賞選考委員を辞任。

一九九六（平成八）年　六九歳
一月、ほぼ一年ぶりに短篇小説「偉丈夫」（「小説新潮」一月号）を発表。これが最後の短篇となる。
三月、二二期一一年つとめた直木賞選考委員を辞任。

同月、肺炎のため、保谷厚生病院に入院。

同月、国立国際医療センター（新宿区戸山）に転院、肺炎の治療につとめる。

七月、退院、自宅へ戻る。連載「漆の実のみのる国」（「文藝春秋」五月号より連載中断）の結末部分六枚を執筆、文藝春秋萬玉邦夫に渡す。

教え子たちが中心となって、湯田川中学校跡に建てられる「藤沢周平先生記念碑」の碑文として、「半生の記」の一節と自作俳句を墨書。

九月、同記念碑除幕式。

同月、国立国際医療センターに再入院。

一二月二六日、病室に家族五人集まって、六九回目の誕生日を祝う。

一九九七（平成九）年　六九歳

一月二六日、午後一〇時一二分死去。

一月二七日、鶴岡市の菩提寺・洞春院より戒名届けられる。「藤澤院周徳留信居士」。

一月二九日、新宿区南元町の千日谷会堂にて通夜。

同三〇日、同所にて葬儀・告別式。

二〇〇二（平成一四）年

五月、『藤沢周平全集』第二期（二四、二五巻、別巻）刊行開始。

藤沢周平先生記念碑（湯田川中学校跡、現・湯田川小学校）

二〇一〇年（平成二二年）
四月、鶴岡市立藤沢周平記念館開設。

（敬称略、「鶴岡市立藤沢周平記念館」年譜を参考に、澤田が作成）

■初出一覧

・「ハダカの亭主」『別冊文藝春秋』一九七七年一二月五日号
・「父が望んだ普通の生活」　書き下ろし
・「とっておき十話」「しんぶん赤旗」日曜版、一九九〇年五月二〇日〜七月二二日号
・「『十話』の余話」一九九〇年四月に収録したインタヴューを再構成
・〔史実と小説〕一九七七年五月一三日、仙台市での講演要旨
・「高村光太郎と斎藤茂吉」一九八九年一〇月一五日、如松同窓会東京支部主催のセミナー特別講座の講演要旨
・「雪のある風景」『月刊グラフ山形』周平独言⑥、一九七七年二月号
・「祝辞」一九八二年二月二七日付、小竹輝弥氏あて
・「私のみた藤沢周平」水原肇氏の個人誌『ｃａｒｎｅｔ』に掲載した「藤沢周平を語る」を再構成

あとがき

鶴岡市高坂の小菅家菩提寺・洞春院の一角に、「藤澤《とうたく》院周徳留信居士」の位牌が置かれている。小菅留治（藤沢周平）の戒名である。同寺院の裏に、石川多郎右衛門家の墓もある。

あれから一四年たった。やっと、長年の私の胸のつっかえをとることができた。「とっておき十話」「さよなら藤沢周平さん」をもうひとつの作家像として活字にして残したい、お会いして見たありのままの周平さんを伝えたいと考え続けていたからだった。

晩年、周平さんは、石川啄木を小説に書きたいと編集者に語っていた。一九八七年（昭和六二年）一〇月、初めて岩手に足を踏み入れた。啄木の故郷・渋民（現・盛岡市）を訪れ、生家の常光寺、育った宝徳寺を見て、啄木歌碑の第一号「やはらかに柳あをめる　北上の岸辺目に見ゆ　泣けとごとくに」を、頂きに冠雪しそびえる岩手山を背景に見入った。石川啄木記念館（一九八六年五月新設）では、少年時代からの遺品（戸籍簿、学籍簿など）、自筆原稿・手紙、お金の借用書、作品を掲載した雑誌、渋民小学校のリードオルガン、北海道・東京時代を回想するパネル展示などを順々に見て回った。

なお、前年の一九八六年春、東京・武蔵野市吉祥寺の東急百貨店で開かれた啄木展にも足を運んで、借用証書、書簡、啄木の周囲にいた女性たち（節子、光子、橘智恵子、小奴ら）に〝惹きつけられた〟と感想を述べている。

渋民の翌日、盛岡城跡にのぼり、「不来方《こずかた》のお城の草に寝ころびて　空に吸はれし　十五の心」の歌碑を見た。

啄木紀行の感想を述べている。啄木がもっとも世に出したかった小説では失敗したが、さほど重きをおかなかった短歌が人々に好まれたその訳は、〝人はみな失敗者だ。私もまた人生の失敗者だった〟から、「失敗の痛みを心に抱くことなく生き得る人は少ない。人はその痛みに気づかないふりをして生きているのである」。そういう人が啄木の歌を理解できる、と（『荘内文学』一九八七年八月号）。

そのころ、〝遅筆堂〟の井上ひさしさん（二〇一〇年、死去）は戯曲「泣き虫なまいき石川啄木」に取りかかり、苦闘中だった（一九八六年六月、新宿紀伊国屋ホールで初演）。井上さんは二〇〇〇年、「啄木学級東京講座」で講演し、「もし、啄木が生きていたなら、きっと治安維持法違反で逮捕され牢獄につながれただろう。そうしたら、すばらしい文学作品として『獄中日記』を後世に残したにちがいない」と語ったのを聞き、私も共感したのを思い出す。

啄木の展覧会をのぞき、岩手県の啄木紀行をして、小説の構想を抱いたと思う。井上ひさしさんとは、文学賞選考会の行き帰りに、啄木の魅力の源について語り合ったようだ。しかし、「小説　石川啄木」を書くことなく生を閉じた。もう、新しい小説を読むことはできない。残念だ。

この本は、小菅和子氏、遠藤展子氏、遠藤崇寿氏の寄稿、写真提供、校閲などの全面協力なくしては形とはなりませんでした。また、励ましてくれた、ふきの編集事務所の吹野保男氏、刊行を引き受け編集を担当してくれた大月書店の松原忍氏に感謝します。

なお、本書の文字は「游《ゆう》明朝体R」を使用している。この書体は藤沢周平作品のためにつくられたもので、「海坂《うなさか》明朝体」とも言われる。

この本を、天国の祖母・石川かねせ、母・澤田ミツ子に贈る。

二〇一一年一月二六日（藤沢周平・命日）

澤田勝雄

藤沢周平（ふじさわ・しゅうへい）
1927～1997年、本名・小菅留治。山形県に生まれる。中学校教員、業界紙記者を経て、作家に。詳しくは略年譜を参照。

小菅和子（こすげ・かずこ）
1931年、東京に生まれる。1969年に小菅留治（藤沢周平）と結婚。鶴岡市立藤沢周平記念館監修者。

遠藤展子（えんどう・のぶこ）
1963年、東京に生まれる。エッセイスト、鶴岡市立藤沢周平記念館監修者。著書に、エッセイ集『藤沢周平　父の周辺』『父・藤沢周平との暮らし』がある。

澤田勝雄（さわだ・かつお）
1944年、北海道に生まれる。藤沢周平の親戚。岩手大学教育学部卒。1968年、『赤旗』編集局に入局、42年間勤務。国際啄木学会、宮沢賢治学会会員。共著『わが人生に恋をして—がんで逝った妻への鎮魂歌』。

装幀　守谷義明＋六月舎
カバー画・本文挿絵　阿部ひろみ
ＤＴＰ　ふきの編集事務所

藤沢周平　とっておき十話

2011年4月20日　第1刷発行
2011年5月30日　第2刷発行

定価はカバーに表示してあります

◉編者——澤田勝雄
◉発行者——中川　進
◉発行所——株式会社　大月書店
〒113-0033　東京都文京区本郷2-11-9
電話（代表）03-3813-4651
振替00130-7-16387・FAX03-3813-4656
http://www.otsukishoten.co.jp/
◉印刷——光陽メディア
◉製本——中永製本

ISBN978-4-272-61225-3 C0095　Printed in Japan